COLLECTION FOLIO

Michel Tournier

de l'Académie Goncourt

Le miroir des idées

TRAITÉ

*Édition revue et augmentée
par l'auteur*

Mercure de France

En couverture :
Alfred Rethel (1816-1859) *L'Angélus de la mort*.

Le soleil levant illumine la campagne. Du clocher de l'église s'égrène la sonnerie de l'Angélus du matin. Un oiseau posé sur le balcon observe curieusement.

Mais le philosophe qui a passé la nuit dans ses grimoires sous le crucifix incliné sait que le sonneur n'est autre que la Mort, et qu'il ne verra pas la fin de ce jour.

CITATION

MA PROPRE POSITION DANS LE CIEL, PAR RAPPORT AU SOLEIL, NE DOIT PAS ME FAIRE TROUVER L'AURORE MOINS BELLE.

(dernières lignes du JOURNAL d'André Gide avant sa mort)

À la mémoire de Gaston Bachelard.

Ce petit traité part de deux idées fondamentales. La première pose que la pensée fonctionne à l'aide d'un nombre fini de concepts-clés, lesquels peuvent être énumérés et élucidés. La seconde admet que ces concepts vont par paires, chacun possédant un « contraire » ni plus ni moins positif que lui-même.

Les concepts-clés de la pensée sont bien connus des philosophes qui les appellent des catégories et tentent parfois d'en établir la table. Aristote en distinguait dix : l'essence, la qualité, la quantité, la relation, l'action, la passion, le lieu, le temps, la situation et la manière d'être. Leibniz en comptait six : la substance, la quantité, la qualité, la relation, l'action et la passion. Kant admet douze catégories, soit quatre fondamentales, et, pour chacune d'elles, trois subordonnées. Cela donne :

$$
1. \quad \text{quantité} \quad \left\{ \begin{array}{l} \text{unité} \\ \text{pluralité} \\ \text{totalité} \end{array} \right.
$$

$$2. \text{ qualité} \begin{cases} \text{réalité} \\ \text{négation} \\ \text{limitation} \end{cases}$$

$$3. \text{ relation} \begin{cases} \text{substance-acciden} \\ \text{cause-effet} \\ \text{réciprocité} \end{cases}$$

$$4. \text{ modalité} \begin{cases} \text{possibilité} \\ \text{existence} \\ \text{nécessité} \end{cases}$$

Enfin Octave Hamelin, dans son *Essai sur les éléments principaux de la représentation* (1907), établit la genèse successive de onze catégories, selon le schéma thèse-antithèse-synthèse :

Thèse : relation
Antithèse : nombre
Synthèse : temps
Antithèse : espace
Synthèse : mouvement
Antithèse : qualité
Synthèse : altération
Antithèse : spécification
Synthèse : causalité
Antithèse : finalité
Synthèse : personnalité

Il va de soi que plus le nombre des catégories est réduit, plus elles sont abstraites et plus l'effort de construction du philosophe est ambitieux. Les 114 concepts-clés présentés dans cet essai constituent au contraire un très modeste travail d'abstraction commandé par le souci d'embrasser la plus grande richesse concrète possible. C'est ainsi qu'on sera peut-être surpris de voir y figurer le chat et le chien, l'aulne et le saule, le cheval et le taureau, etc. C'est qu'au-delà des êtres concrets qu'ils désignent, ces concepts s'entourent d'une signification emblématique et symbolique considérable.

Comme dans d'autres tables de catégories, ces concepts sont accouplés par contraires. Mais il faut bien voir qu'il ne s'agit pas d'oppositions contradictoires.

À Dieu par exemple s'oppose le Diable, être parfaitement concret, et non pas l'absence de Dieu de l'athéisme. De même à l'Être s'oppose le Néant qu'illustrent des expériences vécues, et non pas le Non-Être. L'amitié est confrontée à l'amour, et non à l'indifférence, etc.

Cette démarche binaire s'est révélée extraordinairement féconde, et on peut dire que tout le livre en est sorti. On dirait qu'un concept isolé offre à la réflexion une surface lisse qu'elle ne parvient pas à entamer. Opposé à son contraire en revanche, il éclate ou devient transparent, et montre sa structure intime. La culture n'avoue sa force dissolvante qu'en présence de la civilisation. L'encolure du taureau est mise en évidence par la croupe du cheval. C'est grâce à la fourchette que la cuiller manifeste sa douceur maternelle. La lune ne nous dit ce qu'elle est qu'en plein soleil, etc.

Fallait-il tenter de dialectiser ces 114 idées à la manière d'Octave Hamelin, ou les laisser en vrac, comme un matériau de pensée à la fois disparate et disponible? L'ordre de leur exposition constituait à lui seul un choix révélateur. Le parti fut donc pris d'aller du plus particulier au plus universel. On part du chat et du cheval pour aboutir à Dieu et à l'Être. Je me souviens d'une panoplie d'armes anciennes exposées contre un mur dans un château. On avait tout naturellement placé les armes les plus lourdes en bas, les plus légères en haut, de telle sorte qu'on montait de la massue à la hache et de l'épée à l'arc couronné de ses flèches empennées. Mais je ne suis pas sûr que l'Être et Dieu soient plus légers que le chat et le chien...

Il est vrai que, si l'on considère la colonne de droite et celle de gauche, on peut déceler une vague affinité entre les concepts qui les composent respectivement. Entre le chien, la cave, le sédentaire, la droite et Dieu, entre le chat, le grenier, le nomade, la gauche et le Diable, etc., est-il permis de relever une parenté? C'est là un jeu qui doit être laissé à la liberté du lecteur.

L'homme et la femme

À en croire la Bible, Dieu créa l'homme le sixième jour du monde. Il le fit mâle et femelle à la fois, c'est-à-dire androgyne, doté de tout ce qu'il faut pour se reproduire seul. La terre n'était alors qu'un désert, et c'est de la poussière du sol que l'homme fut modelé.

Plus tard Dieu créa le paradis, et y plaça l'homme pour le cultiver et le garder. C'est alors qu'il s'avisa que la solitude de l'homme n'était pas bonne. Il fit défiler devant lui tous les animaux — mammifères et oiseaux — pour que l'homme les nomme et se choisisse une compagne. L'homme les nomma, mais ne se trouva pas de compagne parmi les animaux. Dieu fit alors tomber l'homme dans un profond sommeil, et il retira de lui tous les organes féminins. Autour de ces organes, il créa un nouvel homme qu'il appela femme. Ève était née.

Toute la psychologie des deux sexes découle de ces origines. On retient d'abord que l'androgyne supporte mal la solitude de ses amours avec lui-même. C'est ainsi que l'oursin, visiblement conçu pour se reproduire seul, se livre à une gymnastique fort incommode pour s'accoupler avec un partenaire.

L'ablation de ses « parties » féminines a laissé à l'homme une blessure morale mal cicatrisée. La nostalgie de la maternité n'est pas guérie chez beaucoup d'hommes par les maigres satisfactions de la paternité.

Des origines de la femme, il faut d'abord retenir qu'elles se situent dans le paradis. Alors que l'homme a été formé dans la poussière du désert, la femme est née sous les fleurs et les plantes grasses du paradis. Bien des traits de son caractère en découlent. D'autre part, elle a été formée autour de son propre sexe. Elle est plus substantiellement soumise à la féminité que l'homme ne l'est à la virilité. Ce que les scolastiques exprimaient par la formule : *tota mulier in utero* (toute la femme est dans son utérus).

L'homme a largement profité des avantages que la nature lui a donnés sur la femme pour la réduire en esclavage. Ce que Karl Marx exprimait en disant que la femme est le prolétaire de l'homme. Mais de siècle en siècle, la femme gagne en force physique et en indépendance économique. Le fardeau de la maternité s'allège d'année en année. On pourrait prévoir l'avènement d'une société purement matriarcale où les hommes seraient réduits à des jouets destinés au seul plaisir des femmes.

Cette société féministe sera peut-être hâtée par une raréfaction du sexe féminin provoquée par les femmes elles-mêmes. En effet de plus en plus souvent les femmes enceintes ont la possibilité de se faire avorter en toute connaissance du sexe de l'enfant qu'elles portent. Et presque toujours elles choisissent l'avortement s'il s'agit d'une fille. Déjà en Inde, la nouvelle génération présente un grave déséquilibre en faveur des garçons. Il va en résulter d'abord une raréfaction des femmes et une valorisation imprévisible des rescapées du génocide abortif. La seconde conséquence sera l'extinction du genre humain, car ce sont les femmes — et non les hommes — qui assurent sa perpétuation.

CITATION

Les hommes sont des femmes comme les autres.

Groucho Marx

L'amour et l'amitié

La comparaison entre amour et amitié tourne d'abord à l'avantage de l'amour. Face à la passion amoureuse, le lien amical paraît léger, fade et peu sérieux. Et l'amour bénéficie de plusieurs millénaires de célébration théâtrale, poétique et romanesque. Comment l'amitié ne ferait-elle pas piètre figure en comparaison ?

Mais à y regarder de plus près, les avantages dont profite l'amour face à l'amitié sont de bien discutable qualité. L'une des grandes différences entre les deux, c'est qu'il ne peut y avoir d'amitié sans réciprocité. Vous ne pouvez avoir de l'amitié pour quelqu'un qui n'a pas d'amitié pour vous. Ou elle est partagée, ou elle n'est pas. Tandis que l'amour semble au contraire se nourrir du malheur de n'être pas partagé. L'amour malheureux, c'est le ressort principal de la tragédie et du roman. « J'aime et je suis aimé, disait le poète. Ce serait le bonheur s'il s'agissait de la même personne. » Hélas, il s'agit rarement de la même personne !

Il y a une autre différence plus grave encore entre l'amour et l'amitié. C'est qu'il ne peut y avoir d'amitié sans estime. Si votre ami commet un acte que vous jugez vil, ce n'est plus votre ami. L'amitié est tuée par le mépris. Tandis que la rage amoureuse peut être indifférente à la bêtise, à la lâcheté, à la bassesse de l'être aimé. Indifférente ? Nourrie même parfois par toute cette abjection, comme avide, gourmande, des pires défauts de la personne aimée. Car l'amour peut aussi être coprophage.

En vérité notre civilisation occidentale moderne mise très exagérément sur l'amour. Comment oser construire une vie entière sur cette fièvre passagère ? Déjà La Bruyère notait que « le temps qui fortifie l'amitié affaiblit l'amour ». Oui le temps travaille contre l'amour. Autrefois les mariages se faisaient en fonction des convenances sociales, religieuses, matérielles. Ces premières conditions remplies, il ne restait plus qu'à s'aimer. Aujourd'hui tout tient dans un « coup de foudre ». Ensuite il est toujours temps de divorcer. Même la fidélité est subordonnée à ce passager vertige. Brigitte Bardot : « J'ai toujours été fidèle à un homme aussi longtemps que j'étais amoureuse de lui. » Et après ? Jules Romains a écrit que l'amour ne peut que « parfumer la place où l'amitié se posera ».

CITATION

Un bon mariage, s'il en est, refuse la compagnie et condition de l'amour. Il tâche à représenter celles de l'amitié.

Montaigne

Don Juan et Casanova

Ce sont les grands séducteurs de notre imagerie occidentale. Mais Don Juan est issu de l'Espagne classique, et Casanova de la Venise romantique, deux mondes totalement opposés. Lorsque Tirso de Molina écrit en 1630 sa comédie sans prétention *Le Trompeur de Séville*, il ignore qu'il vient d'inventer l'un des grands mythes modernes. Don Juan lui échappera et peuplera d'autres comédies, des opéras, des romans. C'est le propre des personnages mythiques de déborder ainsi leur berceau natal et d'acquérir une dimension et des significations que leur auteur n'avait pas soupçonnées. Tels furent après Don Juan, Robinson Crusoe et Werther.

Pour Don Juan, le sexe est une force anarchique qui affronte l'ordre sous toutes ses formes, ordre social, moral et surtout religieux. Les comédies où il apparaît ressemblent toutes à une chasse à courre où il joue le rôle du cerf, poursuivi par une meute de femmes, de pères nobles, de maris trompés et de créanciers. Elle se termine dans un cimetière par un hallali et la mise à mort du grand mâle sauvage.

Toutefois cette trajectoire catastrophique n'est

possible que par la complicité de Don Juan lui-même. Lorsqu'il donne de l'argent à un mendiant sous la condition qu'il blasphème Dieu, Don Juan manifeste sa foi, tout comme les révolutionnaires qui piétinaient des hosties consacrées. De pareilles idées ne viendraient pas à d'authentiques incroyants. Et lorsque, à la fin, il met sa main dans celle de la statue du Commandeur qui va l'entraîner en enfer, ce geste symbolique a le sens d'un consentement.

Mais c'est dans sa vision de la femme que Don Juan se révèle pleinement. On a dit qu'il n'aimait pas les femmes et qu'il les méprisait. Il les traite comme un gibier, et la liste de ses conquêtes dressée par son valet Leporello n'est autre qu'un tableau de chasse. Telle est l'éternité de Don Juan qu'on retrouve cela aujourd'hui chez les petits loubards de banlieue dont le sport favori est de « tomber des nanas ». Mais chez Don Juan, le sexe est inséparable de la religion. La femme est la grande tentatrice, et l'homme se damne en succombant à ses appas maléfiques.

Alors que Don Juan est un riche aristocrate, Casanova, pauvre et de basse extraction, n'a que son charme personnel pour séduire. Il n'est même pas beau, mais les femmes ne lui résistent pas, car elles savent dès l'abord qu'il les aime de tout son corps et de tout son cœur. L'*odore di femmina* dont il est question dans l'opéra de Mozart ferait plutôt fuir le héros de Tirso de Molina qui la confondrait volontiers avec celle du soufre de l'enfer. Cette odeur, Casanova la respire à pleins poumons, car c'est pour lui l'odeur de la vie même. Aventurier errant, joueur, tricheur, incorrigiblement infidèle, on l'aime cependant, car il aime tout de la femme, y compris ses secrets les plus intimes.

L'épisode le plus prestigieux de la vie de Casanova ne se trouve pas dans ses *Mémoires*, et n'a peut-être jamais existé. On sait qu'en 1786, Mozart a rencontré à Prague son librettiste, le Vénitien Lorenzo Da Ponte, pour mettre sur pied l'opéra qu'ils devaient créer l'année suivante. Or des notes trouvées dans les papiers de Casanova laissent supposer qu'il se joignit à eux pour les conseiller. Nul doute qu'il aura donné à l'opéra de Mozart l'air de bonheur qui le baigne (c'est un *dramma giocoso*), et que cette fameuse *odore di femmina* soit de son invention.

CITATION

De la polyphonie de Mozart, il apparaît que la substance soit en acier, quelque chose d'extrêmement dur et ployant, dans une douceur parfaite. Ainsi Don Juan, à la fin de l'acte Ier, courbe son épée devant sa poitrine, tenant tête au chœur des lamentations, des remords et des fureurs.

Pierre Jean Jouve

Le rire et les larmes

Le rire et les larmes sont le propre de l'homme, et n'ont donc pas d'équivalent dans le monde animal. Ce sont deux convulsions involontaires qui concernent principalement le visage.

L'ancienne édition du *Larousse médical* est muette sur les larmes. En revanche sa description du rire mérite d'être citée :

Le rire peut présenter plusieurs degrés. Dans un premier degré, il est caractérisé par la dilatation subite de l'orbiculaire des lèvres et la contraction du risorius de Santorini, du canin et du buccinateur, en même temps que l'expiration est entrecoupée, mais reste silencieux.

À un deuxième degré, les contractions musculaires gagnent en propagation toutes les dépendances du nerf facial et s'étendent jusqu'aux muscles du cou, en particulier au peaucier.

Enfin à un troisième degré, le rire ébranle tout l'organisme; les larmes coulent; l'urine s'échappe chez la femme; le diaphragme comprime par saccades toute la masse intestinale, jusqu'à produire parfois une sensation douloureuse.

Le rire et les larmes ont des significations opposées. L'homme qui rit exprime sa supériorité, l'homme qui pleure son infériorité à l'égard de la personne ou de la situation qui provoque leur réaction. Mais on notera qu'ils n'agissent ni l'un ni l'autre. Ce sont des témoins. L'homme qui agit n'a le temps ni de rire ni de pleurer. C'est pourquoi le théâtre est le lieu privilégié du rire et des larmes. La comédie fait rire, la tragédie fait pleurer ces témoins d'un genre particulier que sont les spectateurs.

Il existe plusieurs théories du rire. La plus achevée est celle proposée par Henri Bergson dans son livre *Le Rire* (1900). La société, par la perfection de son organisation, est menacée de sclérose. Les gestes qu'elle nous enseigne et nous impose risquent de devenir mécaniques. Notre société menace de ressembler à une fourmilière ou à une ruche. Il convient de veiller à ce que la spontanéité de la vie et la souplesse de l'adaptation à des situations nouvelles soient préservées. Le rire est là pour cela. Par le rire, chaque membre de la société est invité à punir tout autre membre qu'il prendra en flagrant délit de conduite mécanique. Par exemple un robot avançant sur un trottoir risque tout naturellement de se heurter à un bec de gaz. Il n'y aura là aucun sujet à rire. Mais un homme qui heurte un bec de gaz parce qu'il est plongé dans la lecture de son journal suscite le rire : il s'est conduit comme un robot, et il mérite l'humiliation du rire des témoins. Le comique surgit chaque fois que du mécanique se plaque sur du vivant.

Les larmes constituent une simplification extrême des conduites d'un individu face à une situation qu'il se sent incapable de maîtriser. Tout se passe comme si la situation ne trouvant aucune réponse valable dans le programme dont dispose l'individu, ce dernier n'avait plus que la ressource d'une mise à plat totale de sa conduite. Qui ne sait plus quoi faire ou quoi dire face aux agressions du monde extérieur a encore la ressource ultime de fondre en larmes. Peut-être de cette liquéfaction de son être surgira une réponse nouvelle et adaptée. L'homme en pleurs est « démonté », comme une machine dont toutes les pièces ont été désassemblées et isolées.

CITATION

Le rire d'une vierge est une plaie exquise.

Lanza del Vasto

L'enfant et l'adolescent

Les idées admises concernant l'enfant étaient des plus défavorables sous l'Ancien Régime. Nul doute pour nos ancêtres du XVIIᵉ siècle classique, l'enfant est une petite brute sale, vicieuse, ignorante et menteuse. Bossuet : « L'état de l'enfance est le plus vil et le plus abject de la nature humaine après celui de la mort. » Pour en faire un bon chrétien et un digne sujet du roi, il faut enfermer l'enfant dans un internat où des religieux ne parlant que le latin le soumettront à un régime qui s'apparente à ce qu'on appellera plus tard un lavage de cerveau. Il sortira de là « éduqué », « morigéné » et en état de se produire en société.

L'avènement de la bourgeoisie au XVIIIᵉ siècle et l'œuvre de ses « philosophes » Diderot et Rousseau vont renverser tout cela. Pour les classiques, seule la société est bonne, et elle se doit de modeler en l'enfant la nature qui est primitivement mauvaise. Pour Rousseau, au contraire, la nature est foncièrement bonne mais la société la pervertit. Tel est le point de départ de son livre majeur, *Émile* (1762).

Il y développe l'idée que l'enfant n'est pas un adulte en puissance, une promesse d'avenir, une

« rose en bouton », mais un être d'ores et déjà parfait, épanoui, adulte en somme. « Nous avons souvent ouï parler d'un homme fait, mais considérons un enfant fait : ce spectacle sera plus nouveau pour nous et ne sera pas moins agréable. »

L'enfant « adulte » de Rousseau a douze ans, et présente un état de bonheur et d'équilibre idéal. État menacé hélas par une sorte de décrépitude qui s'appelle la puberté. Et Rousseau qui redoute cette catastrophe évoque une campagne idyllique « dans le Valais et même en certains cantons montueux de l'Italie, comme le Frioul, où l'on voit des grands garçons forts comme des hommes ayant encore la voix aiguë et le menton sans barbe, et de grandes filles, d'ailleurs très formées, n'avoir aucun signe périodique de leur sexe ».

Car l'adolescence, c'est bien sûr, d'abord, l'irruption brutale de la sexualité dans l'innocence enfantine, une sexualité forcément malheureuse, puisque la société ne lui donne aucune forme de satisfaction possible.

L'adolescence, c'est la contestation de l'ordre établi et la révolte contre la société des adultes. Une enquête a été faite sur les options politiques des jeunes. En majeure partie, les enfants sont conservateurs. Ils croient que la société a du bon. Dans la Révolution française, ils voient surtout la Terreur qu'ils condamnent. Les adolescents, au contraire, se situent à gauche et considèrent la Révolution comme une œuvre de justice et de libération.

La condition des adolescents n'est pas sans danger. Elle est menacée par la drogue, le suicide, la petite délinquance et les accidents des « deux-roues ». On meurt à tous les âges. Mais les statistiques montrent que c'est à onze ans que l'on meurt le moins. Les faiblesses de la petite enfance sont surmontées et les dangers de l'adolescence ne sont pas encore intervenus. À seize ans, la courbe des décès accuse une augmentation brutale.

La littérature enfantine peut être parfois d'une extrême noirceur (Perrault, Ségur, Hergé, les BD). Elle ne met pourtant pas en question la société qui y apparaît comme un milieu naturel inéluctable, au même titre que la forêt ou la mer. De leur côté, les auteurs des adolescents (Rimbaud, Conrad, Boris Vian) invitent moins à la révolution qu'à l'évasion et au voyage initiatique.

CITATION

La diane chantait dans les cours des casernes
Et le vent du matin soufflait sur les lanternes.
C'était l'heure où l'essaim des rêves malfaisants
Tord sur leur oreiller les bruns adolescents.

Le Crépuscule du matin
Charles Baudelaire

Endogamie et exogamie

Qu'est-ce qu'un couple harmonieux ? Le monsieur et la dame doivent-ils se ressembler, ou au contraire se compléter grâce à des qualités opposées ? La logique est pour la complémentarité. À femme prodigue, mari économe. À mari fortuné, fiancée sans dot, etc. On rêve de voir les rois épouser des bergères et les nains des géantes afin que tout rentre dans l'équilibre.

La formation des couples obéit ainsi à deux principes opposés, celui d'exogamie et celui d'endogamie. L'exogamie oblige le jeune homme à chercher sa fiancée loin de sa propre famille. Elle interdit l'inceste, c'est-à-dire le mariage avec la mère, la sœur, la fille, voire la cousine germaine. Claude Lévi-Strauss a décrit dans son livre *Essai sur les structures élémentaires de la parenté* (1949) comment, dans nombre de sociétés primitives, les mariages se faisaient obligatoirement par échange entre deux groupes — tribus ou fratries —, et étaient au contraire proscrits au sein du même groupe. Depuis que dans les écoles toutes les classes sont mixtes, on assiste à une amusante résurgence du principe exogamique : dans la plupart des cas, les amourettes entre élèves se font d'une classe à une autre, plutôt qu'au sein d'une même classe.

Mais quand on passe au crible les quelque 200 000 mariages célébrés chaque année en France, on constate que le principe endogamique domine encore très largement. Certes il ne faut pas se marier « trop près » (sœur, cousine). Mais il importe encore bien davantage de ne pas se marier « trop loin ». Ne pas aller chercher une femme noire ou jaune quand on est blanc, riche quand on est pauvre, protestante quand on est catholique. La profession est souvent le cadre dans lequel on reste : le médecin épouse l'infirmière, le pharmacien la laborantine, le cuisinier la serveuse, le professeur la maîtresse d'école. On voit ainsi des lignées qui restent traditionnellement dans la banque, les postes et téléphones, le spectacle ou la sidérurgie. De même la stabilité géographique demeure la règle, malgré les migrations qui attirent l'attention, mais qui ne concernent qu'une infime minorité. Paris constitue en France une exception en fonctionnant comme une pompe aspirante et refoulante, attirant les provinciaux le temps d'une carrière et les renvoyant finir leur vie dans leurs lieux d'origine. En revanche Lyon, Bordeaux, Lille, etc., possèdent un noyau de population inentamable.

Le comble de l'endogamie est fourni par la biologie : ce sont les vrais jumeaux. Ils forment des couples originels souvent indissolubles et qui ne sont pas compatibles avec la formation d'autres couples. On voit parfois deux frères jumeaux épouser deux sœurs jumelles. Mais chez les vrais jumeaux, la proportion de célibataires est beaucoup plus élevée que chez les non-jumeaux.

CITATION

Asinus asinum fricat.
L'âne se frotte à l'âne.

Proverbe latin

La santé et la maladie

On peut être un excellent médecin et ne pas avoir
une idée claire de la santé et de la maladie. C'est le
cas le plus général. Certains croient en avoir assez dit
quand ils ont défini la santé par l'absence de souf-
france, et comme la vie dans le silence des organes.
Or il existe des douleurs aiguës — rages de dents,
douleurs intercostales — et cependant insignifiantes,
et à l'inverse des affections mortelles et incurables
qui progressent sans que rien ne les signale. La souf-
france ne saurait être considérée comme un symp-
tôme sûr et précis, encore moins comme un critère.

La maladie revêt deux formes, l'une quantitative,
l'autre qualitative. La maladie quantitative se ramène
à un manque (hypo) ou à un excès (hyper). Ainsi la
pression artérielle peut être excessive ou au contraire
dangereusement insuffisante. La santé se définit de ce
point de vue comme un équilibre harmonieux de
toutes les fonctions.

La maladie qualitative s'explique par la présence
d'un facteur pathogène qui s'est introduit dans
l'organisme. Cette forme de maladie est particulière-
ment compréhensible lorsque le facteur pathogène

est un être vivant — bactérie, virus, champignon, etc — qui parasite le corps du malade. Louis Pasteur s'est illustré dans l'étude de ces maladies et leur prévention par la vaccination. Cette conception de la maladie est très bien comprise par le public, parce qu'elle prend exactement la suite des idées archaïques sur la possession de certains malades par un démon et l'exorcisme qui pouvait l'en délivrer.

De ces deux conceptions de la maladie résultent *a contrario* deux définitions de la santé, l'une par absence d'excès ou de manque, l'autre par absence d'agent pathogène. Ces deux conceptions ont en commun leur nature négative. Elles reviennent à définir la santé comme l'absence de la maladie.

C'est le mérite de Georges Canguilhem dans ses *Études d'histoire et de philosophie des sciences* (1968) d'avoir donné de la santé une définition pleinement positive. À chaque instant de sa vie, l'organisme est en équilibre avec son milieu. Il est adapté à la température, à la pression de l'air, à l'humidité, etc. De même il possède les ressources énergétiques suffisantes pour faire fonctionner ses organes et ses muscles. Pourtant ces conditions du milieu ne cessent de varier. Les heures et les saisons exigent du vivant de constants efforts de réadaptation. Pour faire face à ces variations, il faut que le vivant possède des réserves et soit en quelque sorte suradapté au milieu tel qu'il est actuellement. La santé, selon Georges Canguilhem, n'est rien d'autre que ce surcroît de ressources qui permet au vivant de répondre aux infidélités du milieu. Être en bonne santé, dit-il, c'est pouvoir abuser de sa santé impunément. La maladie et la mort surviennent quand il n'y a plus de marge, alors que les exigences du milieu changent ou augmentent.

L'œuvre d'art est un équilibre hors du temps, une santé artificielle.

André Gide

Le taureau et le cheval

Le taureau est le dieu de la virilité. Pasiphaé, femme de Minos, roi de Crète, conçut un amour irrépressible pour un taureau blanc. Dédale, génial bricoleur, lui fabriqua une vache d'airain creuse où elle put se glisser et se faire ainsi saillir par son monstrueux amant sans être écrasée. De ces amours naquit le Minotaure qui était mi-homme mi-taureau. Il y a une Pasiphaé qui sommeille en chaque femme.

Après les génitoires, ce sont les épaules qui dominent chez le taureau. Toute sa force est dans ses épaules. C'est de là que part le coup de corne et l'effort du travail sous le joug. En revanche sa croupe est maigre et sans initiative. Quand le taureau pivote, ce sont ses membres postérieurs qui se déplacent et tournent autour des membres antérieurs.

La femelle du taureau tient une place encore plus grande dans la mythologie humaine. C'est l'animal mère par excellence, la nourrice naturelle. Vache = mère + nature. C'est pourquoi, si la mort du taureau au terme d'une corrida est fêtée comme un sacrifice rituel, l'abattage d'une vache dans un abattoir se commet dans la honte d'un crime contre nature. Le bœuf — parce qu'il n'est ni viril, comme le taureau, ni maternel, comme la vache — est seul à sa place dans l'abattoir.

Le cheval est tout entier dans sa croupe. Ses fesses énormes et sa longue crinière en font le dieu de la féminité. Tout chez lui part de la croupe, la ruade, comme l'essor et l'effort de traction. Il faut ajouter le crottin, car le cheval est le seul mammifère qui ait su exalter la défécation. C'est aussi le seul qui possède des fesses, et cela le rapproche de l'homme plus qu'aucun autre animal. Le cheval qui pivote tourne autour de sa croupe, et ce sont ses membres antérieurs qui se déplacent. Il est d'une rapidité proverbiale, et son arme habituelle est la fuite. Dans la corrida portugaise — où le torero est à cheval —, c'est merveille de le voir esquiver les charges du taureau dans l'espace restreint de l'arène.

L'âne et le bœuf sont le cheval et le taureau du pauvre. L'âne symbolise l'humilité, la sagesse silencieuse et le dévouement obscur. Il triomphe cependant quand on lui offre une jument à saillir. Le croisement de l'âne et de la jument s'appelle le mulet, animal connu pour sa sobriété et sa capacité de travail, mais qui ne se reproduit pas. Le croisement d'un cheval et d'une ânesse s'appelle un bardot. L'opération est déconseillée, car si c'est un jeu d'enfant pour une jument de mettre au monde un petit d'âne, c'est pour une ânesse une prouesse périlleuse de mettre bas un petit de cheval.

Le bœuf et l'âne de la Crèche de Bethléem sont des symboles de pauvreté. Les chevaux des Rois Mages manifestent leur richesse et apportent avec eux l'or, l'encens et la myrrhe. Le taureau était, au temps de Jésus, l'animal sacré du culte de Mithra qui concurrença longtemps le christianisme dans le bassin méditerranéen.

Le taureau, dit encore Sender à Nancy, est le seul animal qui fonce sur une locomotive en marche.

La Condition du passager
Serge Koster

— À nous deux, ma belle.
Les relations affectives qui s'étaient établies entre le commandant et son cheval n'avaient rien de ces effusions dévoyées, de ces léchages de museau, de ces caricatures d'amour, de tous ces résidus de sentiments humains qui président aux rapports des vieilles filles et de leur pékinois. C'était d'abord un combat, où la jument savait qu'elle succomberait, où elle désirait d'ailleurs succomber, une lutte qui commençait dans l'espièglerie, dans la ruse et se continuait dans la rage, pour se terminer dans une sorte de pâmoison soumise, de détente complète où l'un et l'autre trouvaient leur plaisir.

Milady
Paul Morand

Le chat et le chien

Le chat et le chien sont les plus domestiques de tous les animaux, c'est-à-dire les mieux intégrés à la maison (*domus*). Mais ils s'y intègrent de façon bien différente.

On a dit du chat que c'était un tigre d'intérieur, un fauve en miniature. Il est bien certain que sa docilité à l'égard des exigences de l'homme est beaucoup plus limitée que celle du chien, de telle sorte qu'il conviendrait de le qualifier d'apprivoisé, plutôt que de domestique. Quelle différence y a-t-il entre un animal domestique et un animal apprivoisé ? Le premier est né dans la maison. Le second est né dans la nature, et n'a été introduit que plus tard dans la maison. Or il est bien connu que les chattes aiment à faire leurs petits au-dehors pour les apporter ensuite un par un au foyer humain.

L'indépendance du chat vis-à-vis de l'homme se manifeste de cent façons, notamment par son peu de goût pour le sucre et les mets sucrés dont raffole le chien, mais surtout par son refus d'apprendre les gestes qui rendent service à l'homme. Jean Cocteau disait qu'il préférait les chats aux chiens, parce qu'on n'a jamais vu de chat policier. Mais on n'a jamais vu non plus de chat berger, de chasse, d'aveugle, de cirque, de traîneau, etc. Le chat semble mettre un point d'honneur à ne servir à rien, ce qui ne l'empêche pas de revendiquer au foyer une place meilleure que celle du chien. Il est un ornement, un luxe.

C'est aussi un solitaire. Il fuit ses semblables tandis que le chien recherche les siens avec ardeur.

Le chien souffre de son dévouement excessif à l'homme. Il est avili par son maître qui le contraint parfois à des tâches ignobles. Pis que cela : on dirait que les éleveurs mettent en œuvre toute la science génétique pour fabriquer des races de chiens de plus en plus laides et monstrueuses. Après les teckels — qui tiennent du serpent par la petitesse de leurs pattes — et les bouledogues — qui ne respirent qu'en suffoquant —, on a inventé des bergers allemands à l'arrière-train surbaissé, des levrettes affligées d'un tremblement incoercible, des chiens dépourvus de poils, etc. Ces infirmités ont visiblement pour fonction d'exciter sans cesse la pitié et la sollicitude du maître, et de leur donner un objet.

Il y a des hommes à chat et des hommes à chien, et ces deux traits coexistent rarement. Du chien, on attend une impulsion à ouvrir la porte et à partir à la conquête du dehors. L'homme ne promène pas son chien, c'est lui qui est promené par son chien. Il compte sur lui pour explorer en son nom les coins et recoins de la rue, de la campagne ou de la forêt environnante. Son flair — dont le chat est dépourvu — est un instrument de détection à distance que l'homme prétend s'approprier.

Au contraire, le chat invite à rester à la maison, à s'acagnarder au coin du feu ou sous la lampe. Il ne s'agit pas de sommeiller, mais de méditer au contraire. C'est par sagesse — et non par paresse — que le chat dédaigne l'agitation inutile. Le chien est un primaire, le chat un secondaire.

CITATION

Mieux vaut être un chien vivant qu'un lion mort.

L'Ecclésiaste

La chasse et la pêche

La chasse et la pêche fournissaient — avec la cueillette — les ressources alimentaires de l'humanité préhistorique. La cueillette a été remplacée par l'agriculture, et la chasse par l'élevage. Seule la pêche continue à être pratiquée professionnellement, parce que les mers couvrent 70,8 % de la surface du globe terrestre. Mais elle est elle-même en crise. On en est à fixer aux chalutiers des quotas de pêche, et, inévitablement, on s'achemine vers la pisciculture.

Cependant la chasse et la pêche continuent à se pratiquer sportivement, et elles correspondent à des psychologies tout opposées. On est rarement à la fois chasseur et pêcheur. Il y a dans la chasse une agressivité qui s'épanouit dans un cérémonial ostentatoire. La chasse à courre avec son rituel ancestral relève des privilèges aristocratiques et même royaux. Tous les rois étaient chasseurs, aucun ne fut jamais pêcheur. La fanfare des piqueurs, la bahulée de la meute et les uniformes rouges des veneurs entourent la chasse à courre d'un faste violemment spectaculaire. La généralisation ultérieure de la chasse au fusil et la pétarade qui l'accompagne vont dans ce même sens. Le

41

chasseur est un actif primaire. Il arbore une virilité conquérante, et se veut le roi de la forêt.

La pêche au contraire s'entoure de mystère et de silence. Nul ne sait ce qu'il y a et ce qui se passe au-dessous du miroir des eaux. Il y a des chiens de chasse, pas des chiens de pêche, bien que certaines races adorent l'eau. Mais ni le labrador ni le terre-neuve ne profitent de leurs qualités de nageurs pour pêcher. La nature paraît parfois cruelle. Au chat, elle a donné un goût prononcé pour le poisson, et une horreur insurmontable de l'eau. En dépit du nom d'une rue parisienne rendue célèbre par Balzac, on n'a jamais vu un chat pêcher. Comme pour mieux marquer la frontière entre la chasse et la pêche, on ne chasse pas les oiseaux marins. Se nourrissant de poissons, leur chair n'est pas comestible.

Le chasseur s'enorgueillit d'une venaison qui fournit sa table plus noblement que celle du roturier. Le cerf, le lièvre, le faisan et le sanglier y remplacent le bœuf, le lapin, le poulet et le porc. Cette cuisine sauvage possède un fumet âpre et mordant qui s'exaspère avec la chair faisandée. Au contraire, la fraîcheur demeure l'impératif absolu de la pêche.

Le pêcheur incline à la rêverie et à la méditation mystiques. Son royaume est fait de profondeur et d'obscurité. C'est un secondaire contemplatif. On notera que l'Ancien Testament nous montre Esaü, ardent chasseur, évincé sans gloire — pour un plat de lentilles — par son frère jumeau Jacob. Les Évangiles sont pleins de poissons et d'histoires de pêche, mais ils ne mentionnent pas la chasse. L'homme de Dieu est appelé un « pêcheur d'hommes », car sa mission est de rassembler et de sauver ses semblables par une évangélisation qui rappelle le coup de filet du pêcheur. D'ailleurs le poisson a été le signe de ralliement des premiers chrétiens et le nom crypté de Jésus.

CITATION

De l'autre côté du vallon, sur le bord de la forêt, Julien aperçut un cerf, une biche et son faon.

Le cerf, qui était noir et monstrueux de taille, portait seize andouillers avec une barbe blanche. La biche, blonde comme les feuilles mortes, broutait le gazon; et le faon tacheté, sans l'interrompre dans sa marche, lui tétait la mamelle.

L'arbalète encore une fois ronfla. Le faon, tout de suite, fut tué. Alors sa mère, en regardant le ciel, brama d'une voix profonde, déchirante, humaine. Julien exaspéré, d'un coup en plein poitrail, l'étendit par terre.

Le grand cerf l'avait vu, fit un bond. Julien lui envoya sa dernière flèche. Elle l'atteignit au front et y resta plantée.

Le grand cerf n'eut pas l'air de la sentir; enjambant par-dessus les morts, il avançait toujours, allait fondre sur lui, l'éventrer; et Julien reculait dans une épouvante indicible. Le prodigieux animal s'arrêta, et, les yeux flamboyants, solennel comme un patriarche et comme un justicier, pendant qu'une cloche au loin tintait, il répéta trois fois:

— Maudit! Maudit! Maudit! Un jour, cœur féroce, tu assassineras ton père et ta mère!

La Légende de saint Julien l'Hospitalier
Gustave Flaubert

Le bain et la douche

Dans notre relation intime avec l'eau, nous devons choisir entre les figures sacrées de deux pachydermes gigantesques et mythologiques, Behémoth et Ganeśa.

Il est facile de reconnaître l'hippopotame dans la description enthousiaste que le Livre de Job nous donne de Behémoth. Il vit dans le secret des marécages, couvert par l'ombre des saules. Il se couche au milieu des lotus et des roseaux. Il ne craint pas la crue du fleuve quand même les eaux du Jourdain lui monteraient jusqu'aux naseaux.

Ganeśa, dieu-éléphant, s'arrose avec sa trompe pour se laver et se rafraîchir. C'est un principe actif qui doit être invoqué avant toute entreprise. Il tient sous ses pieds le rat, le plus infatigable des animaux. Ganeśa s'oppose à Behémoth comme l'action s'oppose au rêve et comme la douche s'oppose au bain.

Êtes-vous bain ou douche ? On ne saurait exagérer l'importance caractérologique de cette alternative.

Vous êtes bain, me dites-vous ? Soit. Vous avez opté pour la position horizontale. Vous flottez immobile et rêveur dans une eau tiède, parfumée, mousseuse, c'est-à-dire trouble ou même opaque. Vous fermez les yeux. Mais prenez garde ! Vous êtes sans défense, vulnérable, offert à tous les coups. Marat fut poignardé dans sa baignoire par Charlotte Corday. Sous la douche, il se serait défendu, c'est sûr !

Il faut aller plus loin. Vous êtes en état de régression. Vous revenez à l'état de fœtus flottant dans le liquide amniotique. La baignoire, c'est le ventre de maman, demeure douce, accueillante, protectrice. Vous retardez avec angoisse l'épreuve de la sortie du bain, comme une naissance cruelle qui vous laissera nu, mou et grelottant sur le carrelage dur et froid du sol.

L'homme se douche debout au contraire. L'eau limpide le fouette pour qu'il s'élance dans la journée nouvelle dont il prévoit les travaux. Il se frotte activement avec une savonnette, se masse lui-même, comme un sportif avant l'effort. Son propre corps l'intéresse. Il ne déteste pas qu'un miroir lui renvoie son image.

La douche idéale, c'est le torrent issu de la pureté des neiges éternelles et tombant dru dans la vallée rocheuse. La publicité des eaux minérales puise abondamment dans cette mythologie vigoureuse et puritaine. Boire cette eau, c'est doucher l'intérieur de son organisme et lui administrer une sorte de baptême intérieur. Car l'eau courante et limpide de la douche s'entoure d'une signification baptismale. C'est par une douche — toute l'iconographie le montre —, non par un bain, que Jean-Baptiste a baptisé Jésus dans le Jourdain. Sous la douche, le pécheur se lave de ses fautes, et rend à son corps une innocence originelle. La propreté — avec tout son halo moral — hante l'homme sous la douche, alors qu'elle n'est qu'un souci lointain pour le baigneur.

On l'aura bien sûr compris : politiquement la douche se situe à gauche, le bain à droite.

CITATION

Le sable rouge est comme une mer sans limite,
Et qui flambe, muette, affaissée en son lit.
Une ondulation immobile remplit
L'horizon aux vapeurs de cuivre où l'homme habite.

Nulle vie et nul bruit. Tous les lions repus
Dorment au fond de l'antre éloigné de cent lieues,
Et la girafe boit dans les fontaines bleues,
Là-bas, sous les dattiers des panthères connus.

Pas un oiseau ne passe en fouettant de son aile
L'air épais, où circule un immense soleil.
Parfois quelque boa, chauffé dans son sommeil,
Fait onduler son dos dont l'écaille étincelle.

Tel l'espace enflammé brûle sous les cieux clairs.
Mais, tandis que tout dort aux mornes solitudes,
Les éléphants rugueux, voyageurs lents et rudes,
Vont au pays natal à travers les déserts.

D'un point de l'horizon, comme des masses brunes,
Ils viennent, soulevant la poussière, et l'on voit,
Pour ne point dévier du chemin le plus droit,
Sous leur pied large et sûr crouler au loin les dunes.

Celui qui tient la tête est un vieux chef. Son corps
Est gercé comme un tronc que le temps ronge et mine;
Sa tête est comme un roc, et l'arc de son échine
Se voûte puissamment à ses moindres efforts.

Sans ralentir jamais et sans hâter sa marche,
Il guide au but certain ses compagnons poudreux ;
Et, creusant par derrière un sillon sablonneux,
Les pèlerins massifs suivent leur patriarche.

L'oreille en éventail, la trompe entre les dents,
Ils cheminent, l'œil clos. Leur ventre bat et fume,
Et leur sueur dans l'air embrasé monte en brume ;
Et bourdonnent autour mille insectes ardents.

Mais qu'importent la soif et la mouche vorace,
Et le soleil cuisant leur dos noir et plissé ?
Ils rêvent en marchant du pays délaissé,
Des forêts de figuiers où s'abrite leur race.

Ils reverront le fleuve échappé des grands monts,
Où nage en mugissant l'hippopotame énorme,
Où, blanchis par la lune et projetant leur forme,
Ils descendaient pour boire en écrasant les joncs.

Aussi, pleins de courage et de lenteur, ils passent
Comme une ligne noire, au sable illimité ;
Et le désert reprend son immobilité
Quand les lourds voyageurs à l'horizon s'effacent.

Les Éléphants
Leconte de Lisle

L'hélice et la nageoire

Pendant des millénaires, les barques et les galères ont été propulsées par l'effort des rameurs. La rame imite la nageoire du poisson et propulse le bateau de façon discontinue. C'est le « coup de rame ». Puis on inventa l'hélice — dont l'effet est continu — mais il fallait pour cela une source d'énergie supérieure que seul un moteur pouvait produire.

L'histoire de la conquête de l'air est encore plus instructive. En effet, aussi longtemps que les constructeurs d'aéronefs, imitant les oiseaux, les équipèrent d'ailes battantes, l'engin se révéla incapable de décoller. Ce que le « coup de rame » pouvait faire sur l'eau, le « coup d'aile » s'en montrait incapable. Là aussi il fallut attendre l'hélice et son effort continu fourni par un moteur.

La nature ignore la roue, sans doute parce que la nature est accumulation, maturation, vieillissement, toutes choses que nie la roue, symbole de retour indéfini au point de départ. La nature procède dans le monde animal par mouvements discontinus. En vérité nos bras et nos jambes sont faits pour exécuter des gestes variés. Quand nos jambes marchent, elles accomplissent un mouvement répété, mais discontinu et décomposable en plusieurs temps. Très tôt, l'homme a inventé la roue et a substitué le mouvement continu de la machine aux mouvements discontinus de l'esclave ou de l'animal. S'il est vrai que les civilisations précolombiennes ne connaissaient pas la roue, c'est qu'elles étaient restées proches de la nature jusqu'à la monstruosité.

On a pu dater la naissance de l'horloge à l'invention de la roue d'échappement qui transforme le mouvement discontinu du balancier en rotation continu des aiguilles.

De tous les mouvements discontinus de l'organisme vivant, les battements du cœur sont sans doute les plus populaires par tout le symbolisme vital et sentimental qui s'y rattache. Or, là aussi, la technique humaine intervient pour substituer le continu au discontinu. Les cœurs artificiels, qu'on pourra bientôt implanter dans la poitrine des malades, ne battront pas. Ce sont des turbines à mouvement rotatif continu. Le geste traditionnel du médecin « prenant le pouls » du malade n'aura plus lieu : il n'y aura plus de pouls.

Il est vrai que de tous les muscles du corps, le cœur est celui dont la discontinuité se rapproche le plus du mouvement continu. C'est vrai notamment de sa façon de se reposer. Alors que l'immobilité pendant les heures de sommeil constitue le repos habituel du corps, le cœur, lui, bat sans interruption de la naissance à la mort. Non qu'il ne prenne jamais de repos, mais parce qu'il se repose pendant la fraction de seconde qui sépare deux battements. En d'autres termes, son repos, son sommeil, ses vacances sont pulvérisés et intimement mêlés à son activité.

Ces vacances du cœur, si particulières, sont un idéal de vie réservé à quelques privilégiés. Avoir un travail si bien intégré à la vie quotidienne, si bien rythmé dans ses phases d'effort et de maturation qu'il contient en lui-même son repos et ses vacances, voilà un privilège d'artiste ou à tout le moins d'artisan d'art, d'aristocrate du travail. Ce qu'est le cœur justement par sa fusion du continu et du discontinu.

CITATION

Le 20 juin 1849, deux vapeurs identiques équipés d'une machine de même puissance de 400 chevaux, mais l'un à hélice, le Niger, *l'autre à roues, le* Basilick, *furent invités par l'Amirauté britannique à jouer au « jeu de la corde », sur mer calme : leurs arrières étant réunis par un solide câble (pour résister à 800 chevaux, il fallait qu'il le fût !), chacun tira de son côté. Le pauvre* Basilick, *à roues, qui par calme se trouvait pourtant dans ses conditions optima, fut honteusement traîné à reculons à un nœud et demi de vitesse !*

La Grande Histoire des bateaux
Jean Merrien

Le saule et l'aulne

La végétation est l'image fidèle du milieu où elle croît et plus précisément de son hydrologie. Il y a les plantes grasses des pays d'eaux tièdes et abondantes, les buissons épineux des déserts, les mousses des régions froides et humides.

Le saule et l'aulne bordent des eaux dont l'esprit est diamétralement opposé. L'aulne est l'arbre des eaux mortes et sombres. C'est la seule silhouette verticale qui peuple les plaines brumeuses du nord. Sa saison est l'automne, son poisson, la carpe muette et vaseuse. Il croît de préférence dans les tourbières et les marécages. Son écorce — combinée avec des préparations ferrugineuses — fournit une teinture noire utilisée par les chapeliers. Il n'y a pas de meilleur arbre pour fabriquer le charbon de bois. Son écorce est un médicament astringent.

L'aulne a fait son entrée dans la poésie et la musique grâce à Goethe et à Schubert. Mais tout a commencé par un malentendu. Johann-Gottfried Herder, collectant des légendes nordiques, avait rapporté celle du Roi des Elfes, voleur d'enfants. Goethe n'aurait sans doute pas réagi sur cet *Elfenkönig* sans grande consistance. Mais il lut par erreur *Erlenkönig* (roi des aulnes), et son imagination s'enflamma à l'évocation de cet arbre sinistre. Il lui consacra sa célèbre ballade que Schubert mit en musique quelques années plus tard.

À l'opposé de l'aulne, le saule longe les rivières limpides. C'est l'arbre des eaux vives et chantantes. Sa saison est le printemps, son poisson, la truite, à laquelle Schubert a dédié l'un de ses quatuors les plus célèbres. Le saule possède cependant sa relation particulière à la mort. Le saule pleureur décore classiquement les tombes. Mais ses branches, gracieusement renversées, miment un chagrin léger et souriant. L'incarnation de cette mort s'appelle *Ophélie* (du drame de Shakespeare *Hamlet*). Désespérée, elle se donne dans une rivière une mort fleurie et musicale. Elle est la sœur des nymphes grecques et des nixes germaniques.

Le saule a donné à l'humanité son médicament le plus bénéfique et le plus populaire, dont la médecine est pourtant loin d'avoir élucidé le secret : l'acide acétylsalicylique, plus connu sous le nom d'*aspirine*.

CITATION

Qui chevauche si tard dans la nuit et le vent ?
C'est le père avec son enfant.
Il serre le jeune garçon dans ses bras,
Il le tient au chaud, il le protège.

— Mon fils, pourquoi caches-tu peureusement ton visage ?
— Père, ne vois-tu pas le Roi des Aulnes ?

Le Roi des Aulnes avec sa couronne et sa traîne ?
— Mon fils, c'est une traînée de brume.

— Cher enfant, viens, partons ensemble !
Je jouerai tant de jolis jeux avec toi !
Tant de fleurs émaillent le rivage !
Ma mère a de beaux vêtements d'or.

— Mon père, mon père, mais n'entends-tu pas,
Ce que le Roi des Aulnes me promet tout bas ?
— Du calme, rassure-toi, mon enfant,
C'est le vent qui murmure dans les feuilles sèches.

— Veux, fin jeune garçon, — tu venir avec moi ?
Mes filles s'occuperont de toi gentiment.
Ce sont elles qui mènent la ronde nocturne,
Elles te berceront par leurs danses et leurs chants.

— Mon père, mon père, ne vois-tu pas là-bas,
Danser dans l'ombre les filles du Roi des Aulnes ?
— Mon fils, mon fils, je vois bien en effet,
Ces ombres grises ce sont de vieux saules.

— Je t'aime, ton beau corps me tente,
Si tu n'es pas consentant, je te fais violence !
— Père, père, voilà qu'il me prend !
Le Roi des Aulnes m'a fait mal !

Le père frissonne, il presse son cheval,
Il serre sur sa poitrine l'enfant qui gémit.
À grand-peine, il arrive à la ferme.
Dans ses bras, l'enfant était mort.

Le Roi des Aulnes
Goethe

L'animal et le végétal

La différence la plus évidente qui distingue le végétal de l'animal tient à la mobilité de l'animal. La plante est fixée au sol, alors que l'animal est pourvu d'organes — pattes, ailes, nageoires — qui lui permettent de se déplacer dans son milieu. L'essence même de la plante est le courant qu'elle établit entre la profondeur de la terre où elle plonge ses racines et les hauteurs aériennes où elle agite son feuillage. La racine fuit la lumière. La feuille recherche la lumière. Ce qu'on traduit par phototropisme négatif de la racine, phototropisme positif de la feuille. Le tronc — ou la tige — se situe à mi-chemin de ces deux tendances opposées. Mais elles sont l'une et l'autre verticales, et elles contribuent à l'immobilisation du végétal.

Le grand problème de la plante va donc être la dispersion de ses graines, dispersion nécessaire, car celles qui tombent au pied même de la plante n'ont guère de chance de prospérer. On est confondu par la variété des expédients utilisés par les diverses espèces végétales pour éloigner leurs graines. Il y a les bractées du tilleul qui tournoient dans l'air, comme des petits hélicoptères, les fruits de certaines cactées qui explosent comme des bombes, les capitules accrochantes de la bardane qui se fixent sur la toison des bêtes, les baies succulentes qui sont mangées et dont les graines se retrouvent dans les excréments, etc. On dirait que le végétal observe, envie et cherche à exploiter l'animal si merveilleusement mobile.

Mais cette faculté de se mouvoir de l'animal est liée au muscle, lequel fonctionne en utilisant l'énergie que dégage la formation du gaz carbonique (CO_2). La fonction chlorophylienne du végétal utilise au contraire l'énergie solaire pour détruire le gaz carbonique et en fournir les éléments séparés à l'animal. Bref, la différence profonde entre l'animal et le végétal, c'est que le végétal opère l'analyse du CO_2, alors que l'animal fait sa synthèse.

On a longtemps cru que les animaux herbivores se nourrissaient de végétaux. On s'est aperçu récemment qu'en réalité ces végétaux absorbés ne servaient dans l'estomac de l'animal qu'à alimenter une culture de bactéries — animaux unicellulaires —, lesquelles constituent la nourriture véritable de l'herbivore. Les herbivores sont donc des carnivores d'un genre particulier, caractérisés par leurs proies unicellulaires.

L'animal carnivore mange des animaux herbivores. Le lion dévore la gazelle, et l'homme le lapin. C'est que la chair des animaux carnivores n'est guère savoureuse. En soumettant de force un animal carnivore à un régime végétarien — par exemple en nourrissant un renard en captivité de maïs et de pommes de terre — on peut le rendre propre à la consommation. Certains paysans s'en font une spécialité. Quelques carnivores cependant paraissent avoir un goût particulier pour des proies également carnivores. Tels sont les lynx friands de chats, de belettes, etc. On les appelle des *surprédateurs*.

L'homme est ébloui par la majesté de l'arbre et l'adaptation immédiate de l'animal à son milieu. Un grand platane secouant dans le vent sa crinière de feuillage et une mouette frôlant la crête des vagues sont des spectacles qui gonflent le cœur et inspirent le respect. Mais la force évidente de l'un comme de l'autre recouvre une fragilité qui doit faire craindre le pire. Nous savons depuis peu que la nature est menacée de mort par la pullulation de la vermine humaine.

CITATION

Dans ce monde que nous réendossons chaque matin comme une vieille veste usée, totalement immunisés contre la surprise, l'arbre est la seule forme qui de temps en temps, à certains brefs moments de stupeur où les yeux se décapent de l'accoutumance, m'apparaît comme parfaitement délirante. Cet après-midi par exemple, en regardant les arbres qui parsèment les prairies de l'île Batailleuse pâturer dans le brouillard de pluie, soudain plus désorientants que des dinosaures.

Lettrines
Julien Gracq

Le rail et la route

Les enfants d'avant 1950 avaient bien de la chance. Il leur était donné d'assister au plus beau spectacle qui fut jamais : l'entrée en gare d'une locomotive à vapeur. Certes on n'a jamais rien vu de plus grand, majestueux, chaud, murmurant, soupirant, soufflant, fort, gracieux, élégant, érotique, puissant et féminin qu'une locomotive à vapeur. Un seul métier paraissait désirable aux petits garçons d'alors : chauffeur de locomotive. D'autant plus que l'homme remplissant cette fonction grandiose exhibait une tête superbement fardée de suie avec au front une énorme paire de lunettes de course.

Cette splendeur de la locomotive, Émile Zola l'a bien comprise, puisque son roman, *La Bête humaine*, raconte une histoire d'amour entre un chauffeur et sa locomotive. Elle s'appelle Lison, et son ventre d'acier brûle de tous les feux de la passion. Le phénomène ferroviaire ne pouvait certes échapper à ce grand visionnaire. De son vivant, ce sont 20 000 kilomètres de voies ferrées qui furent construits, irradiant sur tout le territoire français et reliant les plus petits villages entre eux, avec tout ce qu'il faut pour cela de tunnels, viaducs, gares et maisons de garde-barrière. Et il convient de rappeler qu'à l'époque tout se faisait à la main — pelle, pioche et barre à mine — avec des mulets et des ânes.

Le monde du rail, c'est avant tout la corporation des cheminots, caste héréditaire, bardée de privilèges et subtilement hiérarchisée. Sa religion est la ponctualité, car les trains doivent circuler sur le réseau avec la rigueur des astres gravitant au ciel.

Cette immense horloge connut quelques années un véritable monopole des voyages et des transports terrestres. Jusqu'au jour où l'automobile vint tout remettre en question. L'opposition rail-route commence par une option d'autant plus frappante qu'elle semble tout arbitraire : le train roule à gauche, l'auto roule à droite. Mais c'est surtout le choix de la souplesse contre celui de la régularité qui domine. L'automobiliste part quand il veut et emprunte l'itinéraire de son choix. Cette liberté, il la paie il est vrai par l'insécurité et l'imprévisibilité de son heure d'arrivée. Alors que le train ignore superbement les vicissitudes de la météorologie, l'automobile souffre cruellement de la neige, du verglas et du brouillard. Liberté, oui, mais risques d'accident — peut-être mortel —, de panne, d'embouteillage.

Quant aux professionnels de la route, ils s'opposent point par point à ceux du rail. Farouchement individualistes — ils sont souvent propriétaires de leur véhicule —, les « gros bras » s'imposent un rythme forcené pour rentabiliser leur affaire. Et ils gagnent dans leur lutte avec le rail. Dans tous les pays du monde, le déficit des chemins de fer augmente d'année en année, et des réseaux entiers sont abandonnés pour cause de non-rentabilité. Certains le regrettent, comme la disparition d'une certaine forme de civilisation.

CITATION

Prête-moi ton grand bruit, ta grande allure si douce,
Ton glissement nocturne à travers l'Europe illuminée,
Ô train de luxe! et l'angoissante musique
Qui bruit le long de tes couloirs de cuir doré,
Tandis que derrière les portes laquées, aux loquets de
*   cuivre lourd,*
Dorment les millionnaires.
Je parcours en chantonnant tes couloirs
Et je suis ta course vers Vienne et Budapest,
Mêlant ma voix à tes cent mille voix,
Ô Harmonika-Zug!

Odes
Valery Larbaud

Pierrot et Arlequin

Pierrot et Arlequin sont avec Colombine et Scaramouche les figures principales de la *Commedia dell' Arte* italienne. Il y a aussi Polichinelle, Matamore, Scapin, etc. Ces personnages nous sont donnés avec leur costume et leur caractère traditionnels. Il appartient au comédien d'improviser son discours sur un canevas convenu avec ses partenaires.

Pierrot est vêtu d'un costume ample, flottant, noir et blanc. Il est naïf, timide, préfère la nuit au jour et tient des discours amoureux à la lune. C'est aussi un sédentaire.

Arlequin est habillé d'un collant formé de losanges de toutes les couleurs (sans blanc ni noir). Il porte un masque tandis que Pierrot n'est que poudré. Il est agile, entreprenant, insolent et ami du soleil. Rien ne l'attache. Il est aussi volage que nomade.

L'un des canevas de la *Commedia dell' Arte* consiste à montrer l'inconstante Colombine, qui hésite entre ces deux types d'hommes, se laisser séduire par le plus brillant et amusant — Arlequin — et regretter ensuite amèrement ce choix. Ce schéma est si fort qu'on le retrouve dans nombre d'œuvres classiques ou populaires. Par exemple, dans *Le Misanthrope* de Molière : Alceste est Pierrot, Philinte Arlequin, et Célimène connaît entre les deux les hésitations de Colombine.

Le cinéma français nous offre au moins deux versions de ce trio. Dans *La Femme du boulanger* de Marcel Pagnol (1939) — d'après une histoire de Jean Giono — le boulanger Raimu voit sa femme partir avec un beau et jeune berger. Puis ce sont *Les Enfants du paradis* de Marcel Carné (1945) où Arletty se laisse séduire par l'Arlequin Pierre Brasseur, alors qu'elle aurait trouvé le bonheur auprès du timide et silencieux Baptiste (Jean-Louis Barrault).

Michel Tournier, avec *Pierrot ou les secrets de la nuit*, a ramené cette histoire à ses traits philosophiques fondamentaux. Car les couleurs séduisantes du peintre Arlequin sont dénoncées par le boulanger Pierrot comme chimiques, toxiques et superficielles. Pierrot, au contraire, revendique des couleurs substantielles, profondes, authentiques : le bleu du ciel, le rouge du feu, l'or du pain et des brioches. Des couleurs qui sentent bon et qui nourrissent. Arlequin apparaît ainsi comme l'homme de l'accident, alors que Pierrot est l'homme de la substance.

CITATION

De deux choses l'une.
L'autre, c'est le soleil.

Jacques Prévert

Le nomade et le sédentaire

L'histoire des hommes a commencé avec un meurtre fratricide. L'un des deux frères s'appelait Caïn et cultivait la terre. L'autre s'appelait Abel et élevait des bêtes. Caïn était sédentaire et entourait ses maisons de murs, ses champs de clôtures. Abel et ses enfants poussaient devant eux, dans les prairies sans limites ni propriétaires, d'immenses troupeaux de moutons et de chèvres. Le conflit était inévitable, un conflit qui jalonne sous des formes diverses toute l'histoire humaine.

Car il devait arriver que les troupeaux d'Abel envahissent les cultures de Caïn et les saccagent aveuglément. La colère de Caïn le dressa contre son frère et la dispute se termina par la mort d'Abel. Yahvé en conçut une grande irritation. Il infligea à Caïn la punition la plus douloureuse qui soit pour un jardinier : partir, devenir à son tour un nomade, comme l'était son frère. Caïn partit donc, laissant derrière lui vergers et potagers. Mais il n'alla pas loin. Il s'arrêta bientôt et construisit Hénoch, la première ville de l'Histoire. Ainsi le cultivateur déraciné était devenu architecte et citadin, nouvelle forme de sédentarité.

Dès le milieu du XIXe siècle, le Far West américain

fut sillonné de grands troupeaux de bœufs et de vaches menés par des cow-boys (vachers) vers les nouvelles terres de l'Ouest. Mais d'année en année, les colons nouveaux venus construisaient des fermes et couvraient la prairie de champs de blé et de maïs. Dès lors le passage des troupeaux constituait un fléau insupportable. La lutte ouverte ou larvée entre cow-boys et fermiers connut en 1873 un tournant décisif en faveur des fermiers. Cette année-là, l'un d'eux appelé J.F. Glidden déposa une demande pour un brevet de fil de fer barbelé. Bientôt il monta une usine à De Kalb (Illinois) pour fabriquer son produit à grande échelle.

Cette lutte constante entre nomades et sédentaires a revêtu bien d'autres aspects. Les Touaregs du Sahara, réduisant en esclavage les cultivateurs noirs des oasis, ne faisaient que reproduire le schéma du noble chevalier d'Europe — dont l'animal emblématique, le cheval, est avant tout un instrument de voyage —, maintenant à leur service les serfs attachés à la terre (« manants »). Plus récemment on a vu l'idéologie nazie célébrer la communion de l'homme avec sa terre *(Blut und Boden)* et vouer à la destruction les Gitans et les Juifs, nomades « sans feu ni lieu, donc sans foi ni loi » (slogan nazi). Et périodiquement des populations se révoltent contre les projets de nouveaux autoroutes ou aéroports, destructeurs de la qualité de la vie.

CITATION

La tribu prophétique aux prunelles ardentes
Hier s'est mise en route, emportant ses petits

Sur son dos, ou livrant à leurs fiers appétits
Le trésor toujours prêt des mamelles pendantes.

Les hommes vont à pied sous leurs armes luisantes
Le long des chariots où les leurs sont blottis,
Promenant sur le ciel des yeux appesantis
Par le morne regret des chimères absentes.

Du fond de son réduit sablonneux, le grillon,
Les regardant passer, redouble sa chanson;
Cybèle, qui les aime, augmente ses verdures,

Fait couler le rocher et fleurir le désert
Devant ces voyageurs, pour lesquels est ouvert
L'empire familier des ténèbres futures.

Bohémiens en voyage
Charles Baudelaire

Le maître et le serviteur

La supériorité officielle du maître sur l'esclave se traduit d'abord en termes matériels. Le maître commande. Il est riche, puissant, bien habillé, bien nourri. Et la situation matériellement inférieure de l'esclave peut entraîner un avilissement de son âme. Sous l'influence de sa condition, il peut devenir « servile », c'est-à-dire bassement flagorneur, menteur, voleur, etc. Cette bassesse d'âme, le maître ne manquera pas de l'invoquer pour justifier ses propres avantages, comme si la condition servile était la conséquence — et non la cause — d'un caractère servile.

Mais dans bien des cas l'esclave ou le serviteur manifeste des qualités que son maître ne possède pas. Il y a évidemment celles qui font de lui un « serviteur modèle » : dévouement, probité, sobriété, etc. On évoquera ici la « servante au grand cœur ». Pour le roman, le théâtre et l'opéra, le couple maître-serviteur est à coup sûr plus important encore que le couple des amoureux. Et c'est sur la scène que le thème de la supériorité du serviteur sur le maître est pleinement exploitée.

Cela commence par le couple Épictète-Épaphrodite. Épictète, philosophe stoïcien, était l'esclave d'Épaphrodite, affranchi de Néron. La légende raconte que son maître lui serrait la jambe, un jour, dans un appareil de torture. « Tu vas la casser », dit tranquillement Épictète. Et la jambe étant en effet fracturée, il ajoute : « Ne te l'avais-je pas dit ? » Dans le couple Don Quichotte-Sancho Pança du roman de Cervantès (1605-1615), Sancho Pança incarne le bon sens populaire à côté de la folie héroïque de Don Quichotte. Il est naïf et rusé, égoïste et dévoué. Il suit son maître pour le protéger et se laisse peu à peu gagner par ses rêves.

Le couple formé par Don Juan et Leporello dans les comédies et les opéras où ils apparaissent après la pièce originale de Tirso de Molina (1630), ou celui d'Almaviva et de Figaro dans la comédie de Beaumarchais (1775) et l'opéra de Mozart (1786) est loin d'atteindre la même profondeur. Mais la Révolution française approche. Almaviva est un aristocrate qui ne s'est donné que la « peine de naître », et le couple possède une dimension politique nouvelle.

Le Vendredi du roman de Daniel Defoe, *Les Aventures de Robinson Crusoé* (1719), ajoute au personnage classique du serviteur une signification humaine supérieure. D'abord Robinson sauve la vie de Vendredi qui lui en sera toujours reconnaissant. Ensuite Robinson s'efforce d'inculquer à Vendredi les vérités de sa religion et de sa civilisation qui sont pour lui des absolus. Leurs relations prennent ainsi valeur d'adoption et de catéchèse.

Cette profondeur de la relation maître-serviteur ne se retrouvera — mais dans un sens bien différent —

que dans le *Faust* de Goethe (1808). Car si Méphisto devient par contrat signé le serviteur de Faust, c'est un serviteur surhumain, puisqu'il est le Diable en personne. Dès lors l'exécution des ordres de Faust par Méphisto s'accompagne d'une lutte entre Dieu et Satan dont l'enjeu est l'âme de Faust.

CITATION

L'or est le meilleur des serviteurs et le pire des maîtres.

Proverbe

L'Auguste et le clown blanc

Au début le clown blanc était seul sur la piste du petit cirque campagnard. Habillé de soie, poudré à frimas, un sourcil relevé très haut sur son front pour exprimer son étonnement hautain, chaussé de fins escarpins vernis, les mollets cambrés dans des bas blancs, ce seigneur éblouissait les paysans venus rire et s'émerveiller. C'était parmi eux qu'il trouvait une tête de Turc. Il choisissait le plus ahuri, le plus rougeaud, le plus balourd. Il le faisait entrer sur la piste illuminée, et bientôt les gradins croulaient de rire à ses dépens.

C'est ainsi qu'est né l'Auguste. Car il apparut bientôt qu'il valait mieux qu'un compère se mêlât au public et vînt donner au clown blanc une réplique préparée à l'avance. Le clown rouge est tout l'inverse du clown blanc. Sa trogne poivrote et son nez chaussé d'une balle de celluloïd cramoisie, ses yeux ahuris, son immense bouche, sa démarche embarrassée par d'énormes croquenots, tout est fait chez lui pour attirer les coups et les lazzis.

Mais le clown rouge a eu sa revanche. Peu à peu il a tiré à lui tout le succès du numéro. Il apparut bientôt que c'était lui la vedette et que le blanc était ravalé au rôle de faire-valoir. Jusqu'à ce que le plus grand Auguste de toute l'histoire du cirque, le Suisse Grock, ayant passé sa vie à perfectionner son numéro, en arrivât à le présenter seul, deux heures durant, sans aucun partenaire.

Il reste que ces deux clowns incarnent deux esthétiques tout opposées du rire. Le blanc cultive l'insolence, le persiflage, l'ironie, le propos à double sens. C'est un maître du second degré. Il fait rire des autres, d'un autre, l'Auguste. Mais lui garde ses distances, il reste intact, hors d'atteinte, le rire qu'il déchaîne ne l'éclabousse pas, c'est une douche destinée au rouge qui est là pour encaisser.

Ce rouge s'offre à tous les coups en poussant son discours, son accoutrement et sa mimique au comble du grotesque. Il n'a pas le droit d'être beau, spirituel, ni même pitoyable, cela nuirait à la sorte de rire qu'il a pour fonction de soulever. Rien n'est trop distingué pour le blanc : plumes et duvets, dentelles et taffetas, strass et paillettes. Rien n'est assez burlesque pour le rouge : perruque tournante, crâne de carton sonore, plastron géant et manchettes de celluloïd.

Aussi bien ces deux personnages se retrouvent-ils dans la vie en proportions certes variables, souvent infimes, mais cependant visibles. Les uns se frappent la poitrine et prennent la foule à témoin de leur sincérité et de leur malheur. Ils se désignent à l'admiration, à la pitié, voire au mépris de la société. C'est le parti pris rouge d'un Rousseau, d'un Napoléon, d'un Mussolini. Au contraire le parti pris blanc d'un Voltaire ou d'un Talleyrand fait les témoins sarcastiques de leur temps, les fins diplomates, les calculateurs, tous ceux qui préfèrent observer et manœuvrer sans s'exposer, gagner sans mettre en jeu leur liberté, leurs biens ni leur personne. Il serait facile de trouver des traces de blanc et de rouge chez la plupart des hommes politiques de la Ve République. De Gaulle était évidemment un grand clown rouge. On retrouve la tradition de l'Auguste chez un Georges Marchais, mais il y a aussi des traces de rouge chez Jacques Chirac et même chez Raymond Barre. En revanche, François Mitterrand, Valéry Giscard d'Estaing et Édouard Balladur sont de très purs clowns blancs.

CITATION

Quand je me grime en Auguste, j'ai l'impression de me faire belle.

Annie Fratellini

L'arbre et le chemin

L'un est vertical, l'autre horizontal. Mais surtout l'arbre est fixe et symbole de stabilité, le chemin est instrument de circulation. Si on regarde de ce point de vue un paysage, ses coteaux, ses bois, ses maisons, mais aussi ses rivières, ses voies ferrées, on constate que son harmonie dépend d'un subtil équilibre entre ses masses sédentaires et ses voies de communication.

Donc, parmi ces choses, certaines sont neutres, pouvant aussi bien être parcourues que fixées par l'œil du spectateur. Telles sont la colline, la vallée, la plaine. Là, chacun peut mettre ce qu'il veut de dynamisme ou de stabilité.

D'autres sont, par leur nature même, enracinées, et ce sont l'arbre et la maison principalement.

D'autres enfin sont animées d'un dynamisme plus ou moins impétueux, et ce sont chemins et rivières.

Or il s'en faut que cet équilibre soit toujours réalisé ou que, l'ayant été, il demeure. Un phare planté au milieu de récifs battus par les flots, une forteresse juchée sur un roc inaccessible, une hutte de bûcheron enfouie dans les bois sans voie d'accès visible s'entourent fatalement d'une atmosphère inhumaine où l'on pressent l'isolement, la peur, voire le crime. C'est qu'il y a là trop de fixité, une immobilité presque carcérale qui serre le cœur. Le conteur qui veut faire frémir d'angoisse sait tirer parti de ces paysages fermés que n'irrigue pas une sente ou un chemin.

Mais le déséquilibre inverse n'est pas moins grave, et c'est celui que provoque sans cesse la vie moderne. Car il y a dans les villes deux fonctions, l'une primaire, d'habitation, l'autre secondaire, de circulation. Or on voit aujourd'hui l'habitation partout méprisée et sacrifiée à la circulation, de telle sorte que nos villes, privées d'arbres, de fontaines, de marchés, de berges, pour être de plus en plus « circulables », deviennent de moins en moins habitables.

La matière même, dont le chemin est fait, joue son rôle autant que sa largeur. En remplaçant dans un village une chaussée empierrée ou un chemin de terre par une route goudronnée, on ne change pas qu'une couleur, on bouleverse le dynamisme de l'image de ce village. Parce que la terre ou la pierre sont des surfaces rugueuses et rêches, et surtout perméables, l'œil se trouve retenu, le regard arrêté et, grâce à cette perméabilité, mis en relation avec les profondeurs souterraines. Tandis que le ruban parfaitement lisse et imperméable de l'asphalte fait glisser l'œil, déraper le regard, et le projette vers le lointain, vers l'horizon. Les arbres et les maisons, sapés dans leurs assises par la route, paraissent vaciller, comme au bord d'un toboggan. C'est pourquoi on ne fera jamais assez l'éloge du bon vieux gros pavé de granit. Il allie paradoxalement à une rondeur et à un poli indestructibles un individualisme têtu, créateur d'irrégularités et d'interstices herbus qui sont une joie pour l'œil et l'esprit... à défaut d'en être une pour les roues des voitures.

CITATION

Le peuplier qui est dans le canal, la tête en bas, attire à ses branches les feuilles du peuplier qui est au bord du canal, la tête en haut.

Jules Renard

Le sel et le sucre

Le sel et le sucre ont de nombreux points communs. Sur la table, ils se présentent l'un et l'autre sous la forme de deux poudres blanches que l'œil distingue à peine. On ne les consomme pas à l'état pur, mais incorporés à des aliments auxquels ils apportent un surcroît de saveur. Ils ont la propriété de suspendre le cours de la dégradation des denrées périssables et servent à conserver, l'un les viandes et les poissons (salaisons), l'autre des fruits (confitures).

On pourrait ajouter qu'ils ont chacun deux origines bien tranchées, la mer et la mine pour le sel (sel marin, sel gemme), la canne à sucre et la betterave pour le sucre. Le sel gemme a fait pendant des millénaires l'objet d'un commerce qui occupait d'immenses caravanes de chameaux à travers le continent africain. Quant au sel marin, il faut préciser qu'on en extrait 25 grammes par litre dans l'Océan et 30 grammes dans la Méditerranée. Sans être un véritable aliment — il n'apporte aucune calorie — le sel est un constituant essentiel de l'organisme vivant. Sa carence provoque des troubles graves et une faim spécifique impérieuse.

Longtemps le miel a été le principal édulcorant de l'alimentation occidentale. Le sucre s'est vulgarisé au XVIᵉ siècle avec la culture massive de la canne à sucre en Amérique tropicale. Cette culture était effectuée par des esclaves noirs, ce que nous rappelle fort à propos la couleur brune du sucre de canne. Lorsque les Anglais établirent le blocus continental en 1811, Napoléon décida d'exploiter à grande échelle la betterave à sucre dont le physicien allemand d'origine française, Franz Achard, avait mis au point la méthode de traitement industriel. Le sucre de betterave est blanc.

Comme le sel est un symbole de sagesse traditionnellement associée à l'âge mûr, le sucre garde une connotation puérile surtout sous la forme de bonbons et de friandises. Il n'est pas jusqu'au « sucre candi » — clarifié avec des blancs d'œufs — dont le nom même évoque la candeur enfantine. C'est dans ce sens qu'il faut interpréter l'opposition du premier repas de la journée en Europe continentale et dans les pays anglo-saxons. Le breakfast anglais est un véritable repas d'adulte se préparant à une journée de travail, et comprend jambon, œufs au bacon, filets de harengs, etc. Pour l'Européen, l'homme sort du lit nocturne comme un bébé vient au monde. La première heure du jour est la répétition d'une petite enfance. Dès lors le premier repas doit être lui-même enfantin et se composer de lait, de chocolat, de miel et de confitures avec des brioches et des croissants. Le biberon n'est pas loin.

Les diététiciens s'accordent à juger excessives les quantités aussi bien de sel que de sucre qu'absorbe quotidiennement la moyenne des consommateurs.

Cet excès est un trait psychologique de l'homme moderne qui refuse l'âge adulte et se réfugie dans l'irresponsabilité à la fois de l'enfance (sucre) et de la vieillesse (sel).

CITATION

Le sucre serait trop cher, si l'on ne faisait travailler la plante qui le produit par des esclaves.

Ceux dont il s'agit sont noirs depuis les pieds jusqu'à la tête; et ils ont le nez si écrasé qu'il est presque impossible de les plaindre.

On ne peut se mettre dans l'idée que Dieu, qui est un être sage, ait mis une âme, surtout une âme bonne, dans un corps tout noir.

De l'esprit des lois, 1748
Montesquieu

La fourchette et la cuiller

La fourchette — petite fourche, littéralement — peut au premier abord ressembler à une petite main. Ce n'est qu'une apparence, car les doigts de la main ont chacun leur personnalité, ils sont préhensiles, et surtout, aux quatre doigts placés sur un même plan s'ajoute le pouce qui leur est opposable. On ne saurait trop souligner l'importance humaine de ce cinquième doigt opposable aux quatre autres. Paul Valéry y voyait le symbole de la conscience réfléchie. Or le pouce fait défaut à la fourchette, petite main si l'on veut, mais à quatre doigts identiques et dépourvue de capacité préhensile.

En vérité la fourchette est faite pour « piquer » l'aliment solide. Elle est un instrument d'estoc. Mais quand on la retourne, elle peut aussi accessoirement amasser la bouchée, comme une sorte de cuiller à claire-voie, ou au contraire l'écraser en purée dans le fond de l'assiette.

Les étymologistes ont beau nous dire que cuiller vient du latin *cochlea*, coquille d'escargot, la parenté du mot avec *cueillir* est trop évidente pour ne pas s'imposer à l'esprit. Et c'est vrai qu'il y a du recueillement dans la cuiller...

La cuiller ne se sépare pas de la soupe du soir. La soupe, c'est le pain trempé dans le bouillon de légumes qui réunit la famille après le travail du jour. Les cuillers s'activent. Quand la soupe est épaisse, elles y tiennent debout. Quand elle est brûlante, une déglutition bruyante la mêle d'air frais.

Il y a du Diable dans la fourchette. On le représente souvent une fourche à la main, sans doute faite pour jeter les réprouvés dans le feu de l'enfer. Alors que la cuiller a une vocation végétarienne, la fourchette est un symbole carnivore. Jadis certains restaurants s'appelaient *Au hasard de la fourchette*. Cela voulait dire que pour un sou, on pouvait plonger la fourchette — une seule fois — dans la marmite, et il fallait se contenter de ce qu'elle ramenait.

La cuiller agit au contraire sans malice ni aléa. Elle caresse doucement la surface du liquide pour l'écrémer sans violence. Il y a en elle une rondeur, une concavité, une douceur qui évoquent le geste tendre et patient de la maman donnant sa bouillie à bébé.

La cuiller et la fourchette ont chacune leur réveillon. La cuiller symbolise la nuit longue et lumineuse de Noël. La fourchette perce la nuit brève et tapageuse du jour de l'an.

CITATION

Entre la bouche et la cuiller, souvent advient grand destourbier.

Proverbe médiéval

La cave et le grenier

Toute vraie maison possède une cave et un grenier. Ces lieux extrêmes sont également obscurs, mais il s'agit d'obscurités bien différentes. La lueur, qui dans la cave tombe du soupirail, vient de la terre et du sol — jardin ou rue — et n'est presque jamais animée par un rayon de soleil. C'est une lueur impure, tamisée, amortie. Au contraire le vasistas du grenier, ouvert directement dans la toiture, donne sur le ciel, son azur, ses nuages, sa lune, ses étoiles.

Il n'empêche que la cave est un lieu de vie, alors que le grenier est un lieu de mort. Le grenier ressemble toujours aux balcons du ciel, dont parle Baudelaire, où les défuntes années se penchent en robes surannées. L'air du grenier sent la poussière et les fleurs fanées. On y retrouve le landau de bébé, les poupées mutilées, les chapeaux de paille crevés, le livre d'images aux pages jaunies, des journaux célébrant une actualité infiniment lointaine. Les écarts de température y sont énormes, car on y cuit l'été et on y gèle l'hiver. Il faut se garder de trop explorer le contenu des coffres et des malles qui y dorment, car on risque de réveiller des secrets de famille honteux ou douloureux.

Si l'escalier, qui monte au grenier, a la sèche et craquante légèreté du bois, celui qui descend à la cave, de pierre froide et humide, fleure la moisissure et la terre grasse. Ici la température est égale en toute saison et paraît tiède en hiver, fraîche en été. Car le grenier est tourné vers le passé, sa fonction est de mémoire et de conservation, tandis que dans la cave mûrit la saison prochaine. La tresse d'échalotes se balance sous sa voûte; le vin s'y bonifie, couché dans des casiers de fer. Dans un coin brille sombrement le tas des boulets de charbon de l'hiver. À l'opposé s'élève l'amoncellement mat des pommes de terre. Sur des rayons s'alignent des pots de confiture et de cerises à l'eau-de-vie. Souvent le père de famille a installé dans la cave l'atelier de menuiserie ou le four à poterie qui est son passe-temps du dimanche.

... Et ceux qui ont connu la guerre n'oublient pas que la cave offrait alors le seul abri contre les bombes. Et ceux qui eurent vingt ans à la Libération dansèrent dans les caves de Saint-Germain-des-Prés.

Oui, il y a dans toute cave des promesses de bonheurs enfouis. La racine vivante de la maison s'enfonce dans sa cave. Le souvenir et la poésie flottent au grenier. L'animal emblématique de la cave est le rat — qui surpasse tous les autres mammifères par sa vitalité — celui du grenier, la chouette, oiseau de Minerve, déesse de la sagesse.

À dix ans, nous trouvions refuge dans la charpente du grenier. Des oiseaux morts, des vieilles malles éventrées, des vêtements extraordinaires : un peu les coulisses de la vie.

Courrier Sud
Antoine de Saint-Exupéry

L'eau et le feu

L'eau et le feu ont chacun un rapport étroit et bien particulier à la vie. Car nous sentons — et la science nous confirme — que toute vie vient de l'eau. Le mammifère émerge de la mer, et l'enfant qui naît sort du liquide amniotique. Les marais eux-mêmes grouillent de germes vivants.

Mais la flamme nous fascine parce qu'elle manifeste la présence d'une âme. La vie vient de l'eau, mais le feu est la vie même, par sa chaleur, par sa lumière et aussi par sa fragilité. Le feu follet menant sa danse frêle et éphémère au-dessus des eaux noires du marécage nous semble le message émouvant d'une âme vivante.

On dirait que l'homme s'acharne, par cruauté ou perversion, à rapprocher ces deux ennemis. Non content de faire bouillir de l'eau sur le feu dans les marmites de sa cuisine, il éteint le feu de camp le soir en versant un seau d'eau sur les braises. Mais c'est surtout le pompier, le grand organisateur du combat de l'hydre et du dragon, quand il dirige le jet de sa lance sur la base du brasier. Et là, il faut rappeler le proverbe espagnol si profondément pessimiste :

« Dans la lutte de l'eau et du feu, c'est toujours le feu qui perd. » Pessimiste, oui, car le feu symbolise ici l'enthousiasme, l'esprit juvénile, l'ardeur entreprenante, et l'eau les tristes et décourageantes sujétions de la réalité.

Mais le génie humain ne se contente pas d'opposer l'eau et le feu. Il a su les synthétiser dans un seul élément : l'alcool — que l'on appelle parfois l'eau de feu. L'alcool est eau et feu à la fois. Pourtant elle ne montre à certains que l'un de ses deux visages. Selon l'analyse de Gaston Bachelard [1], E.T.A. Hoffmann et Edgar Poe étaient également alcooliques et puisaient leur inspiration dans leur verre. Mais « l'alcool de Hoffmann, c'est l'alcool qui flambe ; il est marqué du signe tout qualitatif, tout masculin du feu. L'alcool de Poe, c'est l'alcool qui submerge et qui donne l'oubli et la mort ; il est marqué du signe tout quantitatif, tout féminin de l'eau. Le génie d'Edgard Poe est associé aux eaux dormantes, aux eaux mortes, à l'étang où se reflète la Maison Usher ».

CITATION

De l'eau

Plus bas que moi, toujours plus bas que moi se trouve l'eau. C'est toujours les yeux baissés que je la regarde. Comme le sol, comme une partie du sol, comme une modification du sol.

Elle est blanche et brillante, informe et fraîche, passive et obstinée dans son seul vice : la pesanteur ; disposant de

1. Gaston Bachelard, *La Psychanalyse du feu* (Gallimard).

moyens exceptionnels pour satisfaire ce vice : contournant,
transperçant, érodant, filtrant.

À l'intérieur d'elle-même ce vice aussi joue : elle
s'effondre sans cesse, renonce à chaque instant à toute forme,
ne tend qu'à s'humilier, se couche à plat ventre sur le sol,
quasi-cadavre, comme les moines de certains ordres. Tou-
jours plus bas : telle semble être sa devise. Le contraire
d'excelsior.

Le Parti pris des choses
Francis Ponge

L'histoire et la géographie

L'histoire et la géographie. Autrement dit le temps et l'espace, mais non pas des milieux vides et abstraits : un temps où les événements se bousculent, un espace encombré d'arbres et de maisons.

Il est étrange à la réflexion que ces deux domaines de savoir et de recherche soient traditionnellement confiés au même professeur. Peut-on s'intéresser également et simultanément à l'histoire et à la géographie ? Ne s'agit-il pas de goûts et d'options opposés, voire incompatibles ? L'historien est un humaniste au sens le plus large du mot. Seuls les hommes — et surtout les « grands » hommes — l'intéressent. Le géographe au contraire peut prendre pour objet un désert, une forêt vierge ou un archipel de récifs de corail. La faune, la flore et la minéralogie relèvent de son domaine.

Ces deux orientations se retrouvent dans l'ordre artistique. Il y a les « peintres d'histoire » — qui occupaient jusqu'au siècle dernier le sommet de la hiérarchie académique — et les paysagistes. Ces derniers, longtemps relégués au second rang par les peintres d'histoire, ont connu une revanche éclatante avec la révolution impressionniste, au point que la peinture d'histoire est presque absente du XXᵉ siècle. Presque — car le célèbre *Guernica* de Picasso relève indiscutablement de ce genre déchu. Il est tout de même bien remarquable que les désastres de la guerre de 39-45 qui ont inspiré tant d'œuvres littéraires soient pratiquement absents des galeries et des musées. Notons que l'on pourrait rattacher comme « détails » les portraits et les nus à la peinture d'histoire, tandis que les natures mortes appartiendraient à l'art du paysage.

Cette même « clef » fonctionne dans le domaine littéraire. Le théâtre, de Shakespeare à Victor Hugo, doit immensément à l'histoire. Le roman historique, illustré aussi bien par Walter Scott que par Aragon et Sartre, y occupe une place majeure. Mais ces grands exemples ont le mérite de nous orienter par a contrario vers des œuvres où les paysages tiennent une plus grande place que les événements. C'est ainsi qu'au « roman historique » d'Alexandre Dumas on peut opposer de façon instructive le « roman géographique » de Jules Verne ou de Karl May. L'exotisme représente la branche la plus brillante de ce type de roman géographique avec en France par exemple Pierre Loti, Claude Farrère ou Paul Morand. À cette veine exploratrice et vagabonde, on peut opposer au sein du même genre « géographique » une inspiration sédentaire au contraire qui approfondit l'inépuisable mine d'un seul territoire. Les écrivains régionalistes s'y reconnaissent, tels le Normand Jean de La Varende, le Bourguignon Henri Vincenot, l'Auvergnat Henri Pourrat, le Breton Pierre Jakez Hélias, le Provençal Henri Bosco, ou, débordant largement la dénomination un peu réductrice de « régionaliste », Jean Giono, voire même François Mauriac. Il faut leur ajouter le plus pur de tous, Julien Gracq, qui n'oublie jamais, même dans ses œuvres les plus éloignées de sa propre vie, le professeur de géographie qu'il fut sous le nom fruité de Louis Poirier. Autant d'écrivains chez lesquels la terre, les rivages, les eaux et les forêts, la pluie et la lumière jouent un rôle aussi vivant que les hommes et les femmes.

L'écrivain « géographique » n'est pas intemporel, tant s'en faut. Mais la temporalité dans laquelle il se situe n'est pas celle de l'historien. Le temps historique est une succession irréversible d'événements imprévisibles et presque toujours catastrophiques dont le plus ordinaire est la guerre, mal absolu. Le temps géographique au contraire s'inscrit dans le cycle régulier des saisons. Certes le temps météorologique y mène ses jeux capricieux et imprévisibles. Mais même la pluie, l'orage, la brume et l'embellie obéissent en gros à l'ordre des quatre saisons qui les revêtent de leurs couleurs traditionnelles, rose pour le printemps, vert pour l'été, or pour l'automne, blanc pour l'hiver.

Faut-il aller plus loin et oser dire que l'inspiration « géographique » est foncièrement optimiste, faite d'amour de la terre natale dans sa version sédentaire et d'ardeur exploratrice dans sa version voyageuse ? Alors que le roman historique emprunte ses sombres couleurs à la méchanceté et à la férocité des hommes du pouvoir.

Ces considérations générales peuvent éclairer bien des œuvres littéraires, et, plus encore, suggérer de fructueuses oppositions. C'est ainsi que les deux écrivains allemands appartenant à la même génération Thomas Mann (1875-1955) et Hermann Hesse (1877-1962) s'éclairent à être rapprochés et opposés comme le sont l'histoire et la géographie. Le temps — linéaire et destructeur, ponctué d'événements catastrophiques — structure toute l'œuvre de Thomas Mann, depuis les *Buddenbrook* — chronique de la désagrégation d'une grande famille de Lübeck — jusqu'au *Doktor Faustus* pris dans la tourmente de 33-45. La durée biologique est elle-même dévastatrice, puisque toute la vie de son héros Adrien Leverkühn est accompagnée, rythmée, mûrie par l'incubation et la manifestation de la syphilis qui commence par exalter ses dons naturels et finit par le rendre fou. Il est difficile de donner à l'écoulement du temps une signification plus tragique. L'art où Adrien manifeste son génie est la musique, et singulièrement la musique dodécaphonique à laquelle Thomas Mann a été initié par son voisin d'exil en Californie, Theodor Adorno, c'est-à-dire une forme de musique abstraite, exsangue, décharnée.

Quant aux relations de Thomas Mann avec les lieux qu'il a habités, on notera qu'elles sont toujours fortuites, je veux dire commandées par des facteurs extérieurs aux lieux mêmes, opportunités familiales ou vicissitudes historiques. Il n'a choisi Munich, la Californie et finalement Kilchberg au bord du lac de Zurich que poussé par les événements et sans considération pour l'esprit de ces divers lieux.

Cet esprit, au contraire, il semble que certains autres écrivains l'écoutent et, dirait-on même, le flairent pour trouver d'année en année le climat qui leur convient le mieux. Les déambulations de Frédéric Nietzsche en Italie et en Suisse sont de ce point de vue exemplaires. Il cherche en gémissant l'air qui convient le mieux à son corps et à son âme. Même la nourriture locale lui importe considérablement. Il en va de même pour Hermann Hesse qui n'a pas cessé de chercher la meilleure terre où se fixer. Pour eux, le voyage ne répond nullement à une quelconque vocation nomade. Bien au contraire, ce sont des sédentaires en quête d'un lieu d'enracinement définitif. Mais le vagabondage pourra durer toute la vie pour peu que ce lieu ne se trouve nulle part — traduction étymologique du mot UTOPIE. Tel fut le destin, semble-t-il, de Frédéric Nietzsche. Quant à Hermann Hesse, son ultime chef-d'œuvre — *Le Jeu des perles de verre* — situé dans un pays imaginaire est le type même de la construction utopique.

CITATION

Dieu dessine les contours de la géographie, mais c'est le Diable qui écrit l'histoire en lettres de sang.

Angelus Choiselus

Le vertébré et le crustacé

Contre les agressions extérieures, l'être vivant a le choix entre la légèreté — qui favorise l'esquive et la fuite — et la sécurité d'une cuirasse et d'un bouclier qui permet — mais en partie aussi impose — l'immobilité.

Les animaux rassemblés dans l'embranchement des arthropodes — comme les crustacés — ont choisi la seconde solution. Leurs organes mous sont enfermés dans des carapaces chitineuses d'une grande efficacité protectrice. Mais cette protection les isole des autres et appauvrit leurs échanges avec le monde extérieur. Au contraire, les vertébrés — poissons, oiseaux, batraciens, reptiles, mammifères — disposent leurs organes le long d'un squelette interne. Chez les arthropodes, le dur est à l'extérieur, le mou à l'intérieur. Chez les vertébrés, le dur est à l'intérieur, le mou à l'extérieur. Il en résulte pour les vertébrés une vulnérabilité qui aurait pu leur être fatale et entraîner leur disparition, mais qui s'est révélée chez le plus menacé de tous — l'être humain — un formidable atout dans son adaptation au milieu, puis dans l'exploitation de ses ressources. La faiblesse originelle de l'homme — dont le corps n'a même pas la protection d'une fourrure, d'écailles ou de plumes — a tourné à son plus grand profit.

L'histoire des armées et des guerres illustre la même alternative. Les guerriers doivent en effet choisir entre l'armure et le bouclier — qui protègent mais alourdissent — et l'agilité sans protection. Par deux fois au cours de la guerre de Cent Ans, à Crécy (1346) et à Azincourt (1415), les chevaliers français enfermés dans leurs armures furent massacrés par les archers anglais, fantassins armés à la légère. La guerre de 14-18 offre l'exemple inverse. Toutes les offensives menées par des fantassins sans protection ont été des échecs sanglants. Contre les armes automatiques de la défense, seuls les chars d'assaut lourdement blindés pouvaient opérer des percées, comme le montra l'offensive allemande de mai-juin 1940.

Dans l'ordre de l'esprit, on doit opposer l'agilité et l'ouverture des sceptiques à la protection paralysante d'une pensée dogmatique. Sous sa carapace de convictions, le croyant jouit d'un confort moral qu'il considère comme sa juste récompense de bien-pensant. Mais dans ce confort la part de la surdité et de la cécité aux autres est grande. Parfois pourtant le croyant entrevoit avec envie la liberté du sceptique, tel François Mauriac fasciné par la souplesse et la fraîcheur d'esprit d'André Gide.

CITATION

Inimitable André Gide! Avec quelle feintise il sut toujours se débarrasser de ses adversaires pesamment armés! Comme il eut tôt fait de les abattre les uns après les autres,

et ils s'écroulaient dans le fracas de leur cuirasse maurras-
sienne et de leur armure thomiste. Et lui, si leste, dans le
pourpoint et sous la cape de Méphistophélès (mais n'était-il
pas plutôt Faust déguisé avec les défroques du diable?) il
enjambait leurs corps, et courait à ses plaisirs ou à ses lec-
tures.

Mémoires intérieurs
François Mauriac

Le milieu et l'hérédité

Un être vivant est une certaine formule héréditaire, plongée dans un certain milieu, le temps d'une vie. La formule héréditaire est sortie de l'immense loterie formée par la pyramide des ascendants ayant chacun leur propre formule héréditaire. Le nombre de ces ascendants augmente selon une progression géométrique, puisqu'il double à chaque génération. Si je remonte à dix générations en arrière, je compte déjà 2 048 ascendants. Or l'hérédité obéit à la règle de l'atavisme, ce qui veut dire qu'un vivant reçoit des traits héréditaires, non seulement de son père et de sa mère, mais de la totalité de ses ancêtres. Tel caractère physique ou psychologique peut ainsi provenir d'un aïeul ayant vécu plusieurs siècles auparavant. Certains traits sont plus persistants que d'autres et ont tendance à les refouler de génération en génération. On les appelle caractères dominants. Les autres sont des caractères récessifs. Ainsi les yeux noirs d'un parent s'imposent à davantage d'enfants que les yeux bleus de l'autre parent. Mais les yeux bleus, tout en se raréfiant, réapparaîtront toujours chez tel ou tel descendant en vertu de la règle de l'atavisme.

Le milieu modèle à son tour le vivant en lui imposant une adaptation plus ou moins nécessaire et parfois indispensable. La non-hérédité des caractères acquis rend vaine la progression de l'humanité par cette voie. Alors même que tous les hommes apprennent à parler et la plupart à lire, les enfants continuent à naître en ne sachant ni parler ni lire. La théorie darwinienne de la sélection naturelle permet d'expliquer l'évolution des espèces malgré cette non-hérédité des caractères acquis. Elle suppose que des caractères héréditaires apparaissent au hasard des mutations. Leurs porteurs sont handicapés ou avantagés dans leur survie et leur reproduction selon que ces caractères sont favorables ou défavorables.

Les vrais jumeaux (c'est-à-dire homozygotes ou univitellins, issus du même œuf) offrent un terrain privilégié pour l'étude de la part de l'hérédité et celle du milieu chez un individu. Car leur hérédité étant la même, on peut admettre que toute différence apparaissant entre eux est l'effet du milieu. Si tel était le cas, la condition humaine serait bien méprisable, car la part de la liberté se réduirait à rien.

Or l'observation de vrais jumeaux sur une assez longue durée impose une conclusion différente. En effet ils ne cessent au fil des ans de se différencier l'un de l'autre, alors même qu'ils restent ensemble et sont soumis au même milieu. Cela prouve, qu'outre le milieu et l'hérédité, un troisième facteur intervient dans l'édification d'une personnalité, et ce troisième facteur, il faut bien l'appeler la libre décision ou tout simplement la liberté. Il semble même que les jumeaux vivant ensemble prennent en quelque sorte appui l'un sur l'autre, l'un contre l'autre pour se distinguer. Ils en arrivent ainsi à être plus différents l'un de l'autre que s'ils vivaient dans des milieux distincts sans un frère-repoussoir comme proche voisin.

CITATION

Tous les corps sont créés par des mères données, des semences données, et croissent en gardant leur essence première.

De natura rerum
Lucrèce

Le plaisir et la joie

Dieu a créé l'homme à son image, nous dit la Bible. De ce Dieu nous ne savons pas grand-chose, si ce n'est précisément qu'il est le Créateur. L'homme possède donc une vocation originelle à la création. Être homme, c'est créer, et une vie où la création n'aurait aucune place ne vaudrait pas d'être vécue, parce qu'il lui manquerait cette étincelle divine qui en fait une vie humaine.

Mais de quelle création s'agit-il ? Il y a mille façons de créer, de la plus grandiose à la plus modeste. On peut repeindre sa chambre, planter une fleur, faire un dessin, composer une symphonie avec chœur, ou encore fonder une nation. On peut aussi mettre au monde et élever un enfant, ce qui est peut-être la plus belle, mais aussi la plus dangereuse de toutes les créations.

Or, le sentiment qui accompagne toute création est la joie, laquelle n'est que l'aspect affectif de l'acte créateur. Toutes les autres récompenses d'un travail créateur — argent, honneurs — sont extrinsèques et accidentelles. La joie seule est intrinsèque à la création. La Bible ne dit rien d'autre par ce verset qui conclut chaque jour de la Genèse : « Et Dieu vit que cela était bon. »

Tout autre est le plaisir. Si la joie colore la création, le plaisir, lui, accompagne la consommation, c'est-à-dire une forme de destruction. Le pâtissier qui invente une recette de gâteau et la réalise éprouve de la joie. Si j'ai faim et que je mange le gâteau, j'éprouve du plaisir. Mais le gâteau n'est plus...

C'est pourquoi le plaisir est mal vu en général des moralistes. Dans les meilleurs des cas, le plaisir est un artifice de la nature pour obtenir de l'animal qu'il se maintienne en vie, tout comme la douleur doit lui faire éviter les agressions destructrices. Mais il peut facilement se pervertir et accompagner des habitudes meurtrières, comme l'intoxication par la drogue ou l'alcool. Malheureusement l'horreur du plaisir — qui s'observe chez certains mystiques — ressemble fort à une haine de la vie et inspire des conduites également suicidaires (mortifications, jeûnes, etc.).

Il est cependant un domaine où le plaisir et la joie se confondent indissolublement, c'est la sexualité, et c'est ce qui la rend incomparable. Car le désir sexuel est une faim de l'autre, et ressemble par bien des côtés à une pulsion cannibalesque. Le goût violent de la chair d'autrui, de son odeur, des humeurs qu'elle sécrète a un aspect évidemment anthropophage. Et quand le sexe en reste à ce niveau, il n'est pas loin de basculer dans le sadisme. Mais cet élan destructeur est en même temps un acte créateur, et le plaisir sexuel s'épanouit dans la construction d'une vie à deux. Car la rencontre de deux personnes qui s'aiment inaugure une vie nouvelle, imprévue, incomparablement plus riche que la simple addition de leurs qualités respectives.

Celui qui est sûr, absolument sûr d'avoir produit une œuvre viable et durable, celui-là n'a plus que faire de l'éloge et se sent au-dessus de la gloire, parce qu'il est créateur, parce qu'il le sait, et parce que la joie qu'il en éprouve est une joie divine.

Henri Bergson

Apollon et Dionysos

Apollon est dans la mythologie grecque le dieu de la poésie, de la médecine, de l'architecture, et surtout du jour et du soleil.

Dionysos — correspondant grec du Bacchus latin — avait le vin pour symbole et présidait à des fêtes champêtres assez tumultueuses, les Bacchanales.

Il faut attendre Nietzsche et son essai *La Naissance de la tragédie* (1871) pour que ces figures tutélaires deviennent les pôles de deux types de caractères humains et d'inspirations artistiques opposés.

Apollon, selon Nietzsche, est certes le dieu de la poésie, mais c'est des épopées d'Homère qu'il s'agit, des poèmes peuplés de dieux et de héros. Il patronne également la statuaire, mais son triomphe, c'est l'architecture, art de l'équilibre et de la symétrie. Sa lumière tombe verticalement du soleil même. C'est le dieu de l'éternel et immobile zénith.

Mais contre Apollon se glisse l'ombre d'un doute. Est-il vraiment sûr qu'il existe ? Ne s'agit-il pas d'un rêve, admirable certes, mais irréel ? On trouverait facilement l'illustration historique de cette équivoque chez certains souverains, ceux notamment qui s'accolèrent l'épithète de « grand », d'Alexandre III de Macédoine à Frédéric II de Prusse. Louis XIV se voulait Roi-Soleil, et nul n'a revendiqué plus brillamment sa parenté avec Apollon. Seulement la politique quotidienne est là avec ses vicissitudes et ses compromissions. Apollon règne. Mais il faut aussi gouverner, et on ne gouverne ni sereinement ni innocemment.

C'est là qu'entre en scène Dionysos. Ce furieux connaît l'existence, et il l'étreint sans réserve, jusque dans ses aspects les plus troubles. Il incarne la fécondité, et rien ne se crée sans ivresse, sans nuit, sans souillure. Parce qu'il a le culte de la vie, il assume pleinement aussi la violence, la maladie et la mort qui en sont inséparables. Un pessimisme gai est sa philosophie. Il trouve son symbole dans le vin et, précisons-le, dans le vin rouge.

L'art dionysiaque par excellence est la musique, parce qu'elle est durée, mouvement et altération. Et aussi parce qu'elle sait fondre en une seule âme les foules qu'elle enthousiasme.

Tandis que le héros apollinien s'enorgueillit de sa solitude et de son autonomie.

Frédéric Nietzsche a dédié sa *Naissance de la tragédie* à Richard Wagner. Après le paradis sublime, mais froid et irréel, du classicisme, le romantisme lui paraissait comme un retour à Dionysos. Le génie de Wagner a été, selon Nietzsche, l'union de la construction apollinienne et du pessimisme dynamique de Dionysos. Plus tard il se détourna de Wagner, lorsqu'il décela l'inspiration chrétienne qui anime son *Parsifal*. Le compositeur de Nietzsche s'appela dès lors Georges Bizet.

CITATION

Il faut avoir un chaos en soi-même pour accoucher d'une étoile qui danse.

Frédéric Nietzsche

La peur et l'angoisse

« La peur du gendarme est le commencement de la sagesse. » Sans doute, mais ce vénérable proverbe suggère le mépris que mérite l'homme apeuré. Celui qui ne se conduit bien que sous la menace de la punition — et si cette menace disparaissait, il serait capable de toutes les vilenies — est un vaurien qui ajoute la lâcheté à tous ses mauvais penchants.

La peur est inspirée par un homme, un animal, un ennemi précisément perçus. Elle est humiliante, parce qu'elle est l'anticipation d'une défaite. L'homme apeuré a déjà perdu la partie, et cela par sa seule faute. Il est l'esclave des maîtres et des adversaires qui l'entourent. On le figure parfois salissant sa culotte.

Dans une nouvelle célèbre — *La Peur* — Guy de Maupassant jette une passerelle entre la peur et l'angoisse. Rappelons qu'il écrivait à une époque où le scientisme faisait croire que le mystère — fruit de l'ignorance — disparaissait d'année en année devant les lumières de la science. Tout était scientifiquement explicable, et seule la superstition pouvait encore dresser des ombres autour de nous. Maupassant retrouve pourtant un au-delà de la peur dans l'inconscient immémorial. « On n'éprouve vraiment l'affreuse convulsion de l'âme, qui s'appelle l'épouvante, que lorsque se mêle à la peur un peu de la terreur superstitieuse des siècles passés », écrit-il. Il existe donc une peur atavique ; elle plonge ses racines dans un passé ancestral qui dort dans notre cœur, et c'est toute une vieille humanité qui tremble avec nous devant le mystère.

L'angoisse n'a pas d'objet précis. Alors que c'est une présence hostile qui fait peur, c'est une absence qui angoisse. La forme la plus enfantine de l'angoisse est provoquée par l'obscurité. Le noir épouvante par lui-même — et non par les monstres qui s'y cachent. On citera ensuite le vertige, qui est l'angoisse provoquée par le vide — et non la peur d'une chute dangereuse. « Le silence éternel de ces espaces infinis m'effraie. » Cette phrase illustre de Pascal désigne trois sources d'angoisse : le silence, l'infini et l'éternité. L'enfant qui marche dans le noir se chante une chanson pour se rassurer. Jean Cocteau raconte qu'ayant eu recours à ce remède, ce sont finalement les paroles inventées de sa chanson qui l'épouvantèrent.

L'angoisse révèle à l'homme sa solitude, et par là même sa liberté et sa dignité d'homme. Elle est le fruit de la réflexion et de la culture. « Guerre aux institutrices, aux professeurs transcendants, à tous ces livres qui élargissent le champ de l'angoisse humaine. Retour à la paix heureuse des aïeules », s'écriait ironiquement Pierre Loti. Alors que la civilisation est un cocon protecteur qui rassure, la culture est une angoissante fenêtre ouverte sur l'infini.

Pour Martin Heidegger et Jean-Paul Sartre, l'angoisse est le dévoilement du néant — comme la nausée signale l'apparition de l'être. Les mystiques y voient la porte étroite qu'il faut franchir afin de déboucher sur l'immensité divine. Jacob Boehme écrit : « Par l'angoisse et en surmontant l'angoisse, la vie éternelle sort du néant. » Et Georges Bernanos : « Il n'est d'autre remède à la peur que de se jeter à corps perdu dans la volonté de Dieu. »

Dérision et célébration

« Je n'ai jamais rien vu qui fût laid », a dit Claude
Monet. Cet œil résolument optimiste, il le partageait
avec toute l'école impressionniste pour laquelle le
monde n'était qu'un diaprement magique de couleurs. À cette esthétique heureuse, l'expressionnisme
répliqua dès le début du siècle par un parti pris résolument opposé en recherchant le choc émotionnel
provoqué par un visage grimaçant ou une scène dramatique (*Le Cri* d'Edward Munch 1893), voire par la
pure et simple laideur (Soutine, Bacon, Baselitz).

La littérature connaît elle aussi ces deux courants,
l'un de célébration, l'autre de dérision. Chanter la
beauté du monde, la grandeur des héros, la grâce des
jeunes filles, cela va de soi, semble-t-il, mais ce n'est
pas une mince ambition pour peu que l'on prétende
faire œuvre originale et créatrice. Certains poètes
comme José-Maria de Hérédia, Leconte de Lisle ou
Saint-John Perse y ont excellé (d'ailleurs un recueil
de Saint-John Perse s'intitule *Éloges*). Au demeurant
la poésie s'accommode mieux de la célébration que
de la dérision.

En revanche certaines œuvres en prose d'une force

impressionnante ne sont que des monuments de déri-sion, tels les *Mémoires* de Saint-Simon, la *Recherche* de Marcel Proust ou le *Voyage au bout de la nuit* de Louis-Ferdinand Céline. Dans les sociétés grouil-lantes de personnages qu'elles nous offrent, il n'en est pas un qui ne soit grotesque, minable ou répugnant par quelque côté. Au contraire, dans les *Mémoires d'outre-tombe* de Chateaubriand ou *Les Misérables* de Victor Hugo, on respire un air de sombre grandeur qui exalte et gonfle le cœur. On notera que la noir-ceur ne fait rien à l'affaire et qu'il y a du dérisoire et du sublime dans l'horreur, comme dans l'idylle.

Il faut pourtant manier ce genre de distinction avec précaution, et non pas comme un ouvre-boîte universel. Certaines œuvres y sont réfractaires et ne gagnent rien à leur être soumises, telle *La Comédie humaine* de Balzac ou *Les Rougon-Macquart* de Zola. D'autres se divisent tout naturellement en deux mas-sifs, selon ces deux rubriques. Ainsi Flaubert, selon qu'il écrit *La Tentation de saint Antoine, Salammbô, Saint Julien l'Hospitalier* ou *Hérodias* d'une part, *Madame Bovary, L'Éducation sentimentale* et *Bouvard et Pécuchet* d'autre part. (On pourrait aussi dire qu'il y a deux Flaubert, l'un en couleurs, l'autre en noir et blanc.) Il est amusant de comparer en ce sens le festin des Barbares qui ouvre *Salammbô* et le banquet de mariage de *Madame Bovary*. Dans l'un tout est grand, dans l'autre tout est ridicule. On verrait aussi que si l'humour est roi dans la dérision, il n'est nullement exclu dans la célébration. Il y gagne seulement une dimension supplémentaire.

Le bouffon, parce qu'il est petit, laid et sans pudeur, voit plus de choses que les grands seigneurs et les belles dames de la cour.

Ibn Al Houdaïda

La mémoire et l'habitude

Le passé, même le plus lointain, n'est pourtant pas trépassé. C'était l'un des jeux de mots dont René Le Senne émaillait son cours de philosophie en Sorbonne. Oui, le passé est présent d'une certaine façon, mais justement il peut être présent de diverses façons. Il y a l'Histoire qui est dans les livres. Il y a les objets qui sont dans les musées. Il y a les édifices qui sont dans les villes. Chaque commune possède son monument aux morts avec les noms des jeunes sacrifiés. Cette mémoire est collective et fait partie de l'enseignement scolaire.

Mais il y a aussi la mémoire individuelle, car chacun de nous possède son passé, illustré par un petit musée personnel de lettres, photos et objets-souvenirs. Ces deux mémoires contribuent à notre assiette et à notre équilibre dans la vie. Les déracinés souffrent de flotter dans un pays dont le passé leur est étranger. Quant aux amnésiques, leur vision d'un monde absolument neuf à chaque instant de leur vie est inimaginable pour les gens normalement pourvus de mémoire.

Le passé formé par nos jeunes années — ce que

Baudelaire a appelé « le vert paradis des amours enfantines » — peut nous inspirer une douloureuse nostalgie et le désir ardent de reconstituer ou même de revivre ces temps innocents. C'est le sens général de l'œuvre de Marcel Proust, *À la recherche du temps perdu*, véritable archéologie personnelle. Marcel Proust se sert d'un puissant levier, le souvenir affectif qui surgit à l'occasion d'une sensation infime — le goût d'une madeleine trempée dans une tasse de thé par exemple — et fait revivre avec une vivacité bouleversante toute une époque passée.

Selon Henri Bergson, cette activité de la mémoire est le propre de l'esprit. Mais le passé peut également s'inscrire dans le corps qui n'en retient que les éléments moteurs et utiles. Le rôle du cerveau est précisément d'élaborer le passé pour les besoins de la vie présente. Il ne garde que le geste appris en éliminant la datation et les circonstances qui entourèrent son acquisition. Ainsi quand je joue au tennis, je profite de toutes les leçons de tennis que j'ai prises, mais je ne les évoque pas dans mon esprit séparément et dans leur singularité. Cette forme de conservation, c'est l'habitude, et sans cette faculté nous ne saurions ni parler ni marcher, et moins encore lire et écrire. Mais ces activités sont physiques, et concernent l'insertion de notre personne dans le monde concret. L'outil de cette insertion est le cerveau dont la fonction est de resserrer tout le passé accumulé pour n'en retenir que ce qui est utile à la situation présente. Le rêve du dormeur correspond au contraire à un relâchement du filtre cérébral et à l'invasion de la conscience par une fantasmagorie de souvenirs inutiles.

De cette théorie, Henri Bergson concluait à la probabilité de l'immortalité de l'esprit. Car si le cerveau n'est que cet organe limité et utilitaire, sa destruction par la mort physique n'entraîne pas nécessairement la fin de notre esprit.

CITATION

Mon beau navire ô ma mémoire
Avons-nous assez navigué
Dans une onde mauvaise à boire
Avons-nous assez divagué
De la belle aube au triste soir !

Guillaume Apollinaire

La parole et l'écriture

L'homme qui écrit est un solitaire qui s'adresse à un lecteur solitaire, soit qu'il rédige une lettre d'amour, soit qu'il compose un roman d'aventures. En revanche, l'homme qui parle a besoin d'un auditeur, car la parole solitaire est d'un fou. L'orateur politique veut un public houleux, le prédicateur religieux une paroisse recueillie, le conteur une assemblée villageoise réunie autour de la cheminée, l'homme en prière l'immense et invisible oreille de Dieu.

La parole franchit un court espace, mais elle s'efface dans l'instant, alors que l'écriture voyage à travers le temps et à travers l'espace. C'est que la parole est vivante, tandis que l'écriture est morte. L'écriture ne peut se passer de la parole pour la vivifier. Dans l'Antiquité, on ne lisait qu'à haute voix, de telle sorte qu'un homme frappé d'extinction de voix par la grippe ne pouvait plus ouvrir un livre. Aussi bien le premier stade de l'apprentissage de la lecture est-il la lecture à haute voix. La lecture muette — ou mentale, ou intériorisée — correspond à un second stade.

La parole est première. Dieu créa le monde en le nommant. C'est le Verbe créateur. L'écriture qui apparut des millénaires plus tard découle de la parole, et a besoin d'elle pour l'irriguer. Toute l'histoire de la littérature est faite de retours constants de l'écriture à cette source vive et vivifiante qu'est le langage parlé. Un grand auteur est celui dont on entend et reconnaît la voix dès qu'on ouvre l'un de ses livres. Il a réussi à fondre la parole et l'écriture. Il est vrai qu'un danger menace l'écriture par trop tributaire de la parole. L'écriture excessivement « parlée » risque de se disloquer, comme un chemin gorgé d'eau cesse d'être carrossable. Notons au passage que Flaubert, quand il clamait à haute voix ses brouillons dans son « gueuloir », ne visait pas à irriguer son écriture par de la parole, mais tout au plus à limer dans son texte toutes les aspérités pouvant gêner sa prononciation. Car peu de proses sont plus éloignées de la parole que celle de Flaubert. La voix de Flaubert, c'est bien plutôt dans sa correspondance qu'on la trouve, et c'est pourquoi certains la placent au-dessus de ses romans.

Les sermons des grands prédicateurs dont le texte nous est parvenu soulèvent un très intéressant problème : dans quelle mesure ces sermons étaient-ils improvisés — comme semble l'exiger la véritable éloquence — et ces textes n'ont-ils pas été rédigés de mémoire, après coup et donc « à froid » ? La question se pose notamment pour Bossuet.

CITATION

La parole humaine est à mi-chemin du mutisme des bêtes et du silence de Dieu.

Louis Lavelle

Le talent et le génie

Il ne faut jamais perdre de vue que le talent est primitivement une unité monétaire grecque d'une valeur considérable. Il en est parfois question dans les paraboles des Évangiles. Avoir du talent, c'est avoir des talents, et donc être riche. Mais de quelle sorte de richesse s'agit-il ?

L'homme de talent est un artiste. Il peint, compose de la musique, écrit des vers ou des romans. Ce qui caractérise ses œuvres, c'est qu'elles trouvent un accueil favorable dans le public. L'homme de talent sait plaire. Il est payé de succès. On le fête. Il recueille notoriété et argent. Nous retrouvons là le sens originel du mot « talent » (monnaie).

Ce succès inhérent au talent n'est pourtant pas sans danger. Toute œuvre pour être valable doit obéir à une nécessité interne, qui dicte sa forme et sa tonalité, et qui doit demeurer indépendante de l'accueil escompté du public. L'artiste qui travaille en fonction du succès espéré, en s'efforçant de répondre à l'attente qu'il croit avoir discernée dans la société, cet artiste aura sans doute du succès, il ne créera rien d'important. Tout au plus aura-t-il précisé et formulé les rêveries et les aspirations flottant autour du grand corps de la foule. L'espace d'une saison, tout le monde fredonnera sa chanson ou lira son roman. Puis chanson et roman se dissiperont dans l'oubli. Mais sans doute l'auteur n'en demandait pas davantage. L'éphémère n'est pas forcément méprisable. Certains sculpteurs taillent la glace d'un hiver ou modèlent le sable d'une plage. Pourquoi pas?

L'homme de talent risque donc d'œuvrer à l'écoute et sous la dictée de la foule. Faute de mieux, l'image qu'il laissera de cette foule pourra intéresser, voire même charmer la postérité. Telles sont les chansons de Béranger ou les comédies de Feydeau.

À l'inverse, l'homme de génie crée sans souci du public. Presque toujours, il rame à contre-courant. Ses œuvres seront généralement rejetées, ou alors c'est par leur autorité qu'elles s'imposeront, mais certainement pas par leur séduction. L'avenir lui appartient, mais le présent le rejette, et si rudement parfois qu'il y perd la vie. On songe à Van Gogh, si durement maltraité par son temps, si follement idolâtré par le nôtre.

Van Gogh et le Titien. Le Titien si pleinement en accord avec sa société, recherché par les princes, les papes et les empereurs, accumulant, le temps d'une vie presque centenaire, une œuvre et une fortune également immenses. Mais certains critiques d'art lui dénient toute trace de génie.

Il y a le génie et le talent. Mais au-dessous de ces deux niveaux supérieurs de la création, il faut citer deux autres facultés qui jouent elles aussi leur partie. D'abord le métier, ou savoir-faire, qui est loin d'être méprisable. C'est l'abc de l'art, ce qui s'apprend jeune, à l'atelier, sous la férule d'un maître.

Et puis, loin derrière, singeant les trois autres, cette ressource assez misérable, la débrouillardise. Le débrouillard parvient parfois à force d'expédients à donner le change et à masquer son incompétence, son ignorance et l'indigence de son invention.

Génie

Talent

Métier

Débrouillardise

Il faut admettre que tout homme — quel qu'il soit — est un mélange de ces quatre facultés. Tout est dans leur proportion.

CITATION

Avec le talent, on fait ce qu'on veut. Avec le génie, on fait ce qu'on peut.

Jean-Auguste Ingres

Le beau et le sublime

Il y a dans la beauté un équilibre, une stabilité, une perfection qui donnent à celui qui la perçoit un sentiment heureux de sérénité. L'art culmine ainsi dans la rencontre d'Apollon, dieu solaire de la beauté, et de Minerve, déesse de la raison et de la sagesse.

À ce couple impassible, Frédéric Nietzsche est venu opposer fort à propos dans son livre *La Naissance de la tragédie* (1871) le trublion Dionysos, dieu de la joie, de l'ivresse et de la mort. Ce nouveau venu du panthéon romantique personnifie la catégorie du sublime que Kant oppose dans sa *Critique du jugement* (1790) à celle du beau. Avant lui, Jean-Jacques Rousseau, Bernardin de Saint-Pierre et Chateaubriand avaient célébré la grandeur des montagnes, de la mer et du désert, trois décors naturels qui n'avaient inspiré jusque-là que de l'horreur aux voyageurs et aux artistes.

Kant s'attache donc à fournir un statut philosophique à ce sentiment, éprouvé certes de tout temps, mais dont la théorie restait à faire. Opposant donc le beau et le sublime, il note qu'une prairie émaillée de fleurs est belle, tandis qu'une tempête furieuse est sublime. « Le teint brun et les yeux noirs ont plus d'affinité avec le sublime ; des yeux bleus et un teint clair plus d'affinité avec le beau. » Si le beau est fini et harmonieux, le sublime est infini et dynamique. Le sublime nous place dans un état de déséquilibre vertigineux où se mêlent étrangement le plaisir et la terreur. Le beau relève de la qualité, le sublime de la quantité. Enfin le beau invite au jeu, à la divine gratuité d'un paradis sans obligation, ni sanction, tandis que le sublime renvoie à des notions théologiques, morales et religieuses.

Cette opposition du beau et du sublime est illustrée par la vision de la Méditerranée que donnent deux écrivains contemporains et amis de jeunesse. Pour Paul Valéry, c'est le soleil immobile à son zénith qui symbolise la civilisation méditerranéenne :

CITATIONS

Ce toit tranquille où marchent des colombes,
Entre les pins palpite, entre les tombes.
Midi le juste y compose de feux
La mer, la mer toujours recommencée.

Le Cimetière marin

Tout opposé est l'esprit d'André Gide, délivré de la cité protestante où il était prisonnier et aspirant à l'immensité africaine :

Je passai la seconde nuit sur le pont. D'immenses éclairs palpitaient au loin dans la direction de l'Afrique. L'Afrique !
Je répétais ce mot mystérieux, je le gonflais de terreurs,

d'attirantes horreurs, d'attentes, et mes regards plongeaient éperdument dans la nuit chaude vers une promesse oppressante et tout enveloppée d'éclairs.

Si le grain ne meurt

Culture et civilisation

Dès qu'un enfant vient au monde, il est assiégé par une multitude de perceptions, puis dressé à une quantité de gestes et de conduites qui dépendent du lieu et de l'époque où il est né. Il apprend ainsi à manger, jouer, travailler, etc., comme cela se fait dans son milieu natal, d'abord familial, puis scolaire. Mais c'est, bien entendu, à la langue qu'il entend et apprend que revient le rôle principal, car elle modèle sa logique et sa sensibilité.

On appelle civilisation ce bagage transmissible de génération en génération. Par exemple la pluie — dans un pays océanique — est une donnée matérielle qui ne relève pas de la civilisation. En revanche l'habitude de se munir d'un parapluie — ou au contraire le mépris à l'égard du parapluie — est un fait de civilisation. La mer, la montagne qu'un enfant voit chaque fois qu'il sort ne sont pas des données de civilisation. Le sont au contraire l'église du village ou le monument aux morts. Personne n'échappe à ce façonnement qui fait de chacun de nous un homme civilisé *hic et nunc*.

Mais l'enfant va à l'école, et le savoir qu'il y

acquiert peut avoir deux fonctions diamétralement opposées. Ce savoir peut se couler sans dommage à l'intérieur des éléments de civilisation qui entourent l'enfant et les enrichir d'autant. Par exemple l'écolier apprend l'histoire de la guerre et comprend mieux le sens du monument aux morts. Ou l'instruction religieuse lui fera déchiffrer les symboles rassemblés dans l'église.

Mais le lycéen doué ne se contente pas des manuels scolaires traditionnels qu'on lui a imposés et qui prolongent son apprentissage de la civilisation. Il lit d'autres livres, va voir des films, des pièces de théâtre, se frotte à des plus savants que lui. Il se donne ainsi une culture. Et cette culture est librement choisie. Elle sera scientifique, politique ou philosophique selon les options. Ce faisant, le jeune homme prend ses distances envers l'éducation qu'il a reçue. Il la critique, la conteste, la rejette partiellement. Dès lors son savoir, débordant les limites de la civilisation, l'attaque et la détruit en partie. Le monument aux morts donne lieu à des discours antimilitaristes. L'église suscite des prises de position anticléricales.

Surtout, la première leçon de la culture, c'est que le monde est vaste, le passé insondable, et que des milliards d'hommes pensent et ont pensé autrement que nous, nos voisins et nos concitoyens. La culture débouche sur l'universel et engendre le scepticisme. S'efforçant d'élargir ses idées à la dimension universelle, l'homme cultivé traite sa propre civilisation comme un cas particulier. Il en vient à penser qu'il n'y a pas « la » civilisation, et en dehors d'elle la barbarie ou la sauvagerie, mais une multitude de civilisations qui ont toutes droit au respect. Il condamne du même coup l'action des colonisateurs et celle des missionnaires qu'il accuse d'éthnocide.

Il devient vite un objet de scandale pour l'homme civilisé. Renan revenant en vacances à Tréguier, la tête farcie de tout le savoir qu'il avait accumulé à Paris, épouvantait le brave curé qui avait eu en charge sa pieuse enfance. Indiscutablement la grande ville l'avait perverti. Paris, c'était le règne du Diable.

Les civilisations peuvent se combattre entre elles. L'Occident chrétien et l'Orient musulman se sont fait la guerre. Mais au sein de chaque civilisation, l'homme de culture est ressenti comme un déviant dangereusement dissolvant qui doit être éliminé. Hallaj supplicié à Bagdad en 922 et Giordano Bruno brûlé à Rome en 1600, c'était la culture tuée par la civilisation.

CITATION

Le barbare, c'est d'abord l'homme qui croit à la barbarie.
Claude Lévi-Strauss

Le signe et l'image

Je dis à mon interlocuteur *cheval*. Il ne comprend pas. J'essaie *horse, Pferd, caballo*. Il ne comprend toujours pas. Sur une feuille de papier, j'écris ces mots. Rien. Pour ce qui est des signes, je suis à bout de ressources. Alors sur mon papier, je dessine un cheval, et pour plus d'explication, je fais avec ma bouche des bruits de hennissement, de galopade. Les signes n'ayant pas opéré, j'ai ainsi recours à des images — à la fois visuelles (dessin) et sonores (bruits). Signe et image sont les deux grandes voies de la communication entre les hommes à travers l'espace et le temps.

À première vue, l'image présente sur le signe un avantage décisif, son universalité. Si je dessine un cheval, je suis compris par un nombre d'interlocuteurs incomparablement plus grand que si j'écris ou prononce le mot *cheval* dans quelque langue que ce soit. Cela aurait dû conduire depuis longtemps à un refoulement total du signe par une invasion irrésistible des images. Dans les années 50, l'école du sociologue canadien McLuhan annonçait ainsi la fin de la « galaxie Gutenberg ».

Notons d'abord que deux des trois grandes religions du monde occidental — la religion juive et l'islam — rejettent et même condamnent l'image. La deuxième loi du Décalogue de l'Ancien Testament interdit les images peintes ou sculptées, par horreur de l'idolâtrie toujours menaçante en ce temps-là. Quand Moïse monte sur le Sinaï, Dieu se cache à sa vue (image) pour lui remettre les Tables de la Loi (signes). Mais en redescendant vers son peuple, Moïse le découvre en train d'adorer le Veau d'Or (image). Alors il brise les Tables de la Loi.

On ne donnerait pas une idée fausse du christianisme en en faisant une réhabilitation de l'image en face du signe. Lorsque Jésus monte sur le mont Thabor, c'est pour se montrer à ses disciples dans toute sa splendeur divine (image). En redescendant dans la vallée, il leur commande de ne pas dire un mot (signe) de ce qu'ils ont vu. L'art chrétien fut le fruit de cette révolution.

Notre société marie étroitement le signe et l'image. La photographie, le cinéma, les magazines, la télévision sont avant tout images, certes. Mais ces images seraient inintelligibles et inintéressantes sans les commentaires et les paroles qui les accompagnent — et qui sont des signes. Alors que les signes, eux, se suffisent à eux-mêmes, comme le prouvent le livre et la radio.

Pour les sages musulmans, le signe est esprit, intelligence, incitation à chercher, à penser. Il est tourné vers l'avenir. Alors que l'image est matière, reliquat figé du passé. Et le signe a sa beauté. C'est celle qui éclate dans la calligraphie. Par l'arabesque, l'infini se déploie dans le fini.

CITATION

Il y a plus de vérité dans l'encre du savant que dans le sang du martyr.

Parole attribuée à Mahomet

La pureté et l'innocence

La pureté d'un corps chimique est un état absolument contre nature qui ne s'obtient que par des procédés relevant de la violence. Le cas le plus simple est celui de l'eau. Qu'est-ce que l'eau pure ? Cela peut être une eau débarrassée par ébullition ou filtration des bactéries et des virus qu'elle contenait. Il s'agit d'une pureté biologique. Mais si l'on recherche la pureté chimique, on procédera à des distillations successives — l'eau bout dans une cornue prolongée par un serpentin refroidi — pour en éliminer les sels et les traces de métaux. On mesure la pureté de l'eau ainsi traitée à sa résistance à laisser passer un courant électrique, l'eau n'étant conductrice que grâce aux sels minéraux qu'elle contient.

Cette eau « pure » agit sur les organismes vivants comme un poison violent. Lorsqu'elle est ingérée par un organisme, tous les sels minéraux que véhiculent le sang et les humeurs vont en effet se précipiter vers elle, parce qu'elle leur donne la possibilité de se diluer davantage. On utilise ce phénomène pour débarrasser les malades des urées, acides uriques et autres toxines qui se concentrent dans leur sang, dès lors que leurs reins ne les filtrent plus. Mais cette dialyse, nécessaire dans ces cas pathologiques, devient catastrophique chez les individus dont les taux sériques des sels sont normaux. On assistera à une fuite du calcium et du potassium sanguins qui peut entraîner la mort. En effet le cœur ne bat que grâce à un courant électrique entretenu par un équilibre calcium-potassium dans le sang. L'absorption d'eau « pure » peut également provoquer des hémorragies stomacales, intestinales ou cutanées.

Ces méfaits physiques de la pureté ne sont rien encore comparés aux crimes innombrables que son idée obsessionnelle a provoqués dans l'histoire. L'homme chevauché par le démon de la pureté sème la mort et la ruine autour de lui. Purification religieuse, épuration politique, sauvegarde de la pureté de la race, recherche anticharnelle d'un état angélique, toutes ces aberrations débouchent sur des massacres et des malheurs sans nombre. Il faut rappeler que le feu — « pur » en grec — est le symbole des bûchers, de la guerre et de l'enfer.

A l'opposé de la pureté, l'innocence lui ressemble comme son inversion bienfaisante. Innocent est l'animal, le petit enfant et le débile mental. Sur eux, le mal n'a pas de prise. L'homme adulte et raisonnable peut se fixer comme idéal un état qui est celui de sa petite enfance prolongée et préservée. L'innocence est amour spontané de l'être, oui à la vie, acceptation souriante des nourritures célestes et terrestres, ignorance de l'alternative infernale pureté-impureté. Certains saints, comme François d'Assise, paraissent vivre dans cet état où la simplicité animale rejoint la transparence divine.

Mais il s'agit d'un improbable miracle. Dans le roman de Dostoïevski, *L'Idiot* (1868-1869), le prince Mychkine, dévoré par une pitié dévastatrice, se révèle incapable d'aimer une femme, de résister aux agressions du monde extérieur, et finalement de vivre. Il est foudroyé par l'épilepsie.

CITATION

Albuquerque... en un extrême péril de fortune de mer, prit sur ses épaules un jeune garçon pour cette seule fin qu'en la société de leur fortune son innocence lui servît de garant et recommandation envers la faveur divine pour le mettre à sauveté.

Montaigne

Chronologie et météorologie

Le roman de Jules Verne le plus célèbre est à coup sûr *Le Tour du monde en quatre-vingts jours* (1872). Son héros est un Anglais célibataire, maniaque de l'exactitude, Phileas Fogg. « Cet homme est une horloge vivante », constate avec désespoir Passe partout, le valet de chambre français qu'il vient d'engager. En effet, toute la vie de Phileas Fogg est réglée à la minute et doit se dérouler point par point avec une rigueur inexorable.

Bien entendu la bibliothèque de Phileas Fogg se compose principalement d'horaires de bateaux et de chemins de fer. Et de ces horaires, il déduit *a priori* qu'on peut faire le tour du monde en quatre-vingts jours. Reste à le faire effectivement, c'est-à-dire à confronter le plan de voyage tiré des livres avec l'expérience concrète. Or cette expérience concrète, c'est en fait les sauts imprévisibles de la météorologie qui la constituent. Fogg va devoir faire le tour du monde un horaire à la main « contre vents et marées ». Tel est le pari qu'il conclut pour une somme énorme avec les membres de son club.

Le roman de Jules Verne a pour sujet le choc de la

météorologie et de la chronologie, cette chronologie dont Phileas Fogg est l'incarnation. Quant à la météorologie, c'est Passe partout qui la personnifie, parce qu'il est l'homme des ressources improvisées et de la débrouillardise (= combat contre le brouillard) dans les situations... embrouillées.

Le roman repose donc sur l'équivoque du mot « temps » qui signifie à la fois le temps de l'horloge et le temps qu'il fait. (On notera que cette équivoque n'existe ni en anglais ni en allemand, langues qui possèdent deux mots pour temps, *time* et *weather* en anglais, *Zeit* et *Wetter* en allemand.) L'homonymie du temps français pour *time* et *weather* est pourtant largement justifiée dans la mesure où les saisons — qui sont caractérisées par des portraits météorologiques — ont une place très précisément indiquée dans le calendrier. Chacun sait que le printemps commence le 21 mars à 0 heure, l'été le 21 juin, etc. Reste, bien sûr, qu'il y a des hivers ensoleillés et des étés pluvieux.

Le roman de Jules Verne se termine par un coup de théâtre qui achève d'en faire l'affabulation la plus profondément philosophique qui soit. D'après son journal de voyage, Fogg a mis quatre-vingt-un jours à boucler son tour du monde. Il a donc indiscutablement perdu son pari, et sa ruine est consommée. C'est alors que Passe partout descendant dans la rue s'aperçoit que les magasins sont fermés. On n'est pas lundi, comme le croyait Fogg, mais dimanche, et donc le pari est gagné. Ce que Fogg a oublié, en effet, c'est qu'ayant fait le tour de la terre d'ouest en est — dans le sens contraire au mouvement du soleil — il a gagné 24 heures. Phénomène totalement inintelligible que le philosophe Kant a analysé dans sa théorie de l'espace-temps, comme *formes a priori de la sensibilité*, irréductibles à des concepts de l'entendement. Ce qu'il exprimait par cette image frappante : « Si le monde entier se réduisait à un seul gant, encore faudrait-il qu'il s'agisse d'un gant droit ou d'un gant gauche, et cela l'intelligence seule ne le comprendra jamais. »

CITATION

Ô Pluies ! lavez au cœur de l'homme les plus beaux dits de l'homme, les plus belles sentences, les plus belles séquences, les phrases les mieux faites, les pages les mieux nées.

Saint-John Perse

Le primaire et le secondaire

La distinction entre primaire et secondaire vient de la caractérologie, et il importe pour bien la comprendre d'oublier la connotation scolaire qui risque de s'y attacher comme une mauvaise odeur.

Un secondaire vit en référence constante à son passé et à son avenir. La nostalgie de ce qui n'est plus et l'appréhension de ce qui va arriver obnubilent son présent et dévaluent sa sensation immédiate. Son intelligence se sert du calcul plus que de l'intuition. Son espace est une chambre d'écho et un dédale de perspectives. En amour, la fidélité lui importe plus que la liberté. Il est constamment hanté par ces trois fantômes : le remords, le regret et le ressentiment. François Mauriac : « Je pardonne quelquefois, mais je n'oublie jamais. »

Le primaire s'enchante de la jeunesse de l'éternel présent. Il peut être cérébral ou sensuel, c'est l'homme de l'évidence originelle et du premier commencement. Chaque matin est pour lui le premier jour de la Création. Il ne s'embarrasse pas de fantômes ni de chimères. Il se montre spontanément ingrat, imprévoyant, mais sans rancune. Il adhère par instinct à ce qui s'offre.

Rien de plus étrange que certains couples qu'on voit se former dans l'histoire et qui réunissent un primaire et un secondaire, perpétuellement hésitant entre l'admiration et le mépris, l'amour et la haine réciproques. Tels furent par exemple Voltaire-le-primaire et Rousseau-le-secondaire qui se querellèrent des années, mais qui moururent à quelques semaines d'intervalle, comme s'ils ne pouvaient vivre l'un sans l'autre. Mais Voltaire était l'homme du présent, tandis que Rousseau, en écrivant ses *Confessions*, à la fois plongeait dans son propre passé et créait l'œuvre fondatrice de la littérature moderne.

Un peu plus tard, l'histoire française était dominée par un autre couple comparable : Talleyrand et Napoléon. Les premières lettres de Talleyrand au général Bonaparte pendant ses campagnes d'Italie et d'Égypte sont d'amour purement et simplement. Pour le diplomate déjà mûr et passablement compromis, demeuré obstinément enraciné dans l'Ancien Régime — son exclamation fameuse « qui n'a pas connu l'Angien Régime ne sait pas ce qu'est la douceur de vivre » est une profession de foi secondaire —, ce général d'origine obscure, brillant de génie juvénile, incarne un héros romantique avant l'heure, d'une dimension presque mythologique.

Mais la séduction est réciproque. Aux yeux du petit ambitieux corse, à l'accent et à l'allure ridicules, ce représentant d'une des plus anciennes familles de l'aristocratie, parfait connaisseur de toutes les cours d'Europe, c'est un père idéal, guide et tuteur indispensable pour accéder au pouvoir. Peu à peu les relations se dégradent, mais les griefs restent dans la ligne définie : primarité contre secondarité. Pour

Napoléon, dans les pires moments, Talleyrand est un monstre de duplicité. (« Vous êtes de la merde dans un bas de soie. ») Pour Talleyrand, Napoléon n'est qu'une brute grossière et impulsive.

Le génie primaire a connu une floraison exceptionnelle à la fin du XIXe et au début du XXe siècle, dans la peinture avec l'impressionnisme, école de l'instant dépourvu de passé et d'avenir, et avec la musique de Claude Debussy. La poésie de son côté présente sur un siècle une magnifique lignée primaire que l'on peut faire remonter à Théophile Gautier, et qui s'est poursuivie avec les Parnassiens, Paul Valéry et Saint-John Perse.

CITATION

Jugement du « secondaire » Saint-Simon sur le « primaire » Philippe II, duc d'Orléans (le Régent). (*Mémoires* Chap. CCCXC. Cité par Alain *in Humanités*) :

Je ne craindrai pas de dire qu'il tourna en vice la suprême vertu du pardon des ennemis, dont la prodigalité sans cause ni choix tenait trop près de l'insensibilité... Une espèce d'insensibilité qui le rendait sans fiel dans les plus mortelles offenses et les plus dangereuses ; et, comme le nerf et le principe de la haine et de l'amitié, de la reconnaissance et de la vengeance est le même, et qu'il manquait de ce ressort, les suites en étaient infinies et pernicieuses...

La poésie et la prose

On peut imaginer deux magasins contigus, celui
d'un antiquaire et celui d'un quincaillier. La vitrine
du quincaillier expose des batteries de casseroles en
aluminium brillant avec des queues de bakélite noire.
Aussi pimpante que soit cette vaisselle, il est clair
qu'elle aspire de toute sa vocation à servir. Sa raison
d'être est la cuisine avec ses rudesses, le feu, les
sauces, les agressions du nettoyage. Objets d'usage ne
valant que par leur utilité, ils s'usent et seront bientôt
jetés et remplacés.

L'antiquaire expose, lui aussi, des casseroles. Mais
en cuivre massif, à la surface finement martelée par la
main d'un artisan du XVIII⁰ siècle. Elles ne peuvent
aller au feu. Elles ne servent à rien. Ce sont des idées
de casseroles plus que de vraies casseroles.

Il en va de même avec les mots, selon qu'on les
trouve dans un texte en prose ou dans un poème.

La raison d'être de la prose est son efficacité. Jean-
Paul Sartre : « La prose est utilitaire par essence ; je
définirais volontiers le prosateur comme un homme
qui se sert des mots. Monsieur Jourdain faisait de la
prose pour demander ses pantoufles, et Hitler pour

déclarer la guerre à la Pologne. » Ajoutons qu'ils ne doutaient ni l'un ni l'autre de l'efficacité de leurs paroles. Monsieur Jourdain entendait bien qu'ayant parlé, on lui apportât ses pantoufles, et Hitler que ses divisions envahissent effectivement la Pologne. Dès lors que l'effet était obtenu, ces ordres devenaient caducs et disparaissaient devant leur propre efficacité. Comme les casseroles du quincaillier, la prose se précipite vers sa propre destruction.

Tout autres sont les mots de la poésie qui aspirent toujours à l'éternité. La métrique et la rime se justifient par leurs vertus mnémotechniques. Car la vocation du vers, c'est d'être appris par cœur et récité à tout moment, éternellement.

Paul Valéry rapporte ce dialogue entre le dessinateur Degas et le poète Mallarmé. « J'ai un tas d'idées en tête, disait Degas, moi aussi je pourrais écrire de la poésie. » Et Mallarmé lui répond : « Mais, cher ami, la poésie, cela se fait avec des mots, non avec des idées. » Car c'est la prose qui part d'une idée. Monsieur Jourdain a d'abord l'idée d'enfiler ses pantoufles et Hitler d'envahir la Pologne. Ils parlent ensuite conformément à leur idée.

En poésie, le mot est premier. Le poème est un enchaînement de mots selon leur sonorité et sur un certain rythme. Les idées qu'ils véhiculent sont secondaires. Elles suivent comme elles peuvent. « Comprendre » la prose, c'est saisir les idées qui la commandent. « Comprendre » un poème, c'est être envahi par l'inspiration qui en émane. La limpidité et la précision — qui sont les valeurs de la prose — cèdent la place en poésie à l'émotion et à la force évocatrice. Il en résulte également qu'on peut toujours en prose changer les mots — et notamment traduire le texte dans une autre langue — à condition de respecter l'idée — alors qu'un poème est inexorablement solidaire des mots qui le composent et ne peut passer d'une langue dans une autre. Un poème et sa prétendue traduction dans une autre langue, ce sont deux poèmes sur le même thème.

On peut exprimer la même idée en se servant des concepts de fond et de forme. On dira que dans la prose le fond et la forme sont facilement dissociables, le même contenu pouvant se traduire de diverses façons, alors que dans la poésie la distinction fond-forme ne peut se faire, la forme servant aussi de fond, et le fond se confondant avec une forme déterminée.

CITATION

On pourrait s'étonner que les pensées profondes se trouvent dans les écrits des poètes plutôt que des philosophes. La raison en est que les poètes écrivent par les moyens de l'enthousiasme et de la force de l'imagination : il y a en nous des semences de science, comme dans le silex, que les philosophes extraient par les moyens de la raison, tandis que les poètes, par les moyens de l'imagination, les font jaillir et davantage étinceler.

Cogitationes privatae
René Descartes

L'action et la passion

La passion a longtemps été considérée comme un défaut, une déficience, la maladie de l'âme par excellence. Il suffit pour le comprendre de replacer le mot *passion* dans la famille sémantique à laquelle il appartient et où il retrouvera *passif, pathologique* et *pathétique*. La Passion du Christ, c'est simplement la suite des sévices et des supplices qui le menèrent à la mort. Pour les Stoïciens (Zénon d'Élée, Sénèque, Épictète, Marc-Aurèle), la passion est le mal absolu. Il n'y a de bonheur que dans l'impassibilité.

Descartes écrivit un *Traité des passions* (1649) dans lequel il fait de la volonté et de la raison les facultés de l'âme qui doivent juger, diriger et éventuellement réprimer les passions — lesquelles proviennent du corps. (Il est utile de se souvenir que Descartes est l'exact contemporain de Corneille.) Il distingue dans son *Traité* six passions primitives : l'admiration, l'amour, la haine, le désir, la joie et la tristesse. Selon lui, toutes les autres passions sont soit des composés, soit des espèces de ces passions élémentaires. Les passions sont utiles en ce qu'elles fortifient et font durer en l'âme des pensées en elles-mêmes utiles.

Elles sont nuisibles en ce qu'elles fortifient et conservent ces pensées plus qu'il n'est besoin. En somme, elles peuvent — comme tout le corps lui-même — servir l'âme ou au contraire l'asservir.

Spinoza a exposé son système dans un livre paru après sa mort et dont le seul titre — *L'Éthique* — indique la portée morale primordiale. Il s'agit d'un rationalisme absolu qui découle de la doctrine de Descartes avec des traits incomparablement plus radicaux.

Le corps et l'âme sont deux modes de la substance divine. Ils ne s'influencent pas, mais obéissent à un parallélisme rigoureux, comme deux traductions en langues différentes d'un même original. « L'ordre et la connexion des idées sont les mêmes que l'ordre et la connexion des choses » (Livre II, théorème 7). Les êtres individuels — telle âme, tel corps — sont les accidents de ces modes. Les idées d'un esprit humain sont adéquates en Dieu en tant qu'il constitue l'essence de cet esprit. Elles sont inadéquates en lui, lorsqu'elles sont adéquates en Dieu, non en tant qu'il contient seulement l'essence de cet esprit, mais encore en tant qu'il contient en même temps les essences des autres esprits. Dans la mesure où l'esprit a des idées adéquates, il est actif. Il est passif dans la mesure où il a des idées inadéquates. Il a des passions en tant qu'on le considère comme une partie de la nature qui ne peut être perçue clairement et distinctement par soi et abstraction faite des autres.

C'est le propre de la révolution romantique d'avoir intégré la passion à l'action, comme son moteur intérieur, au point d'affirmer avec Hegel que rien de grand ne peut se faire sans passion.

Ici intervient au premier chef le sens de l'Histoire. Avant Hegel, les philosophes, de Platon à Spinoza, s'accordaient pour considérer les événements de l'Histoire comme un chaos sanglant et inintelligible, et donc indigne de tout intérêt. Hegel, le premier, a tenté par sa dialectique de doter l'Histoire d'une structure intelligible. Il y fut aidé par le spectacle contemporain de la Révolution française et de l'Empire. (Rappelons qu'il était l'exact contemporain de Napoléon, de Chateaubriand et de Beethoven.) Son œuvre est de ce point de vue comparable à celle de Beethoven dont on a pu dire qu'elle était l'irruption des clameurs de la Révolution et des trompettes de l'Empire dans la musique de Mozart.

Pour Hegel, Beethoven et leurs contemporains, l'homme qui agit sous l'empire de la passion est traversé par une force historique qui le dépasse et le grandit. C'est la définition même du génie, idéal typiquement romantique.

CITATION

Serions-nous muets et cois comme des cailloux, notre passivité même serait une action.

Jean-Paul Sartre

Le soleil et la lune

Le soleil par son lever, sa matinée, son zénith et son déclin parcourt en quelques heures les grandes étapes d'une vie qui serait brève et somptueuse. Or cette trajectoire — qui joue un tel rôle dans notre vie quotidienne — n'est qu'apparente, puisque la « révolution copernicienne » (1543) nous a appris que c'était la terre qui tournait, le soleil demeurant immobile. On peut parler d'un échec de Copernic, puisque nous continuons malgré lui à voir le soleil se lever et se coucher, phénomène évident dont sa théorie n'a pu venir à bout. Il y a ainsi des apparences spécieuses qui résistent à toutes les réfutations.

Bien que la lune bouge à sa manière autant que le soleil, on ignore volontiers sa trajectoire. On la veut immobile. Il est vrai que le sommeil qui occupe le plus clair de nos nuits ne nous laisse guère le loisir d'observer le mouvement de la lune.

Il y a des nuits sans lune, celles qu'on appelle paradoxalement « de nouvelle lune ». Il n'y a pas de jour sans soleil. Même quand les nuages le cachent, on sait bien qu'il est là, puisqu'il fait jour.

La lune manifeste son pouvoir mystérieux par les

marées. Elle tire à elle l'immense couverture liquide — et c'est la marée basse —, puis elle la laisse retomber — et c'est la marée haute. Les explications que les scientifiques donnent de ce phénomène sont si embrouillées qu'on comprend bien qu'ils n'y comprennent rien. D'ailleurs toutes les fois qu'on fait intervenir l'influence de la lune, c'est qu'on n'y comprend rien. Ainsi l'humeur changeante des personnes dites « lunatiques ». De même certaines taches pâlichonnes sur les tapis et les moquettes qu'on appelle des « frappures de lune ».

Au contraire le soleil symbolise la raison, l'équilibre, l'architecture. Louis XIV se voulut pour cela Roi-Soleil. Le sexe du soleil est évidemment masculin, comme celui de la lune, féminin, et c'est une grande aberration de la langue allemande d'en disposer autrement. Apollon, dieu solaire, et Diane, déesse lunaire, n'en sont pas pour autant mari et femme, mais frère et sœur. Ils répugnent l'un et l'autre à tout accouplement, chacun en un sens différent, la lune par sa froideur virginale, le soleil par sa plénitude autosuffisante.

« La lune est le soleil des statues », a écrit Jean Cocteau. Il aurait pu écrire plus simplement que la lune était la statue du soleil. Mais le « bain de soleil », dont la mode résiste à toutes les condamnations par les médecins, a pour but de transformer le corps en sa propre statue de bronze doré, une statue solaire.

CITATION

La gloire est le soleil des morts.

Honoré de Balzac

Le gris et les couleurs

La physique moderne a adopté sans réserve la théorie de Newton sur la nature de la lumière et des couleurs. La lumière provient du soleil, corps dont la température avoisine les 6 000 degrés. C'est la « lumière blanche ».

Newton enseigne qu'en traversant un prisme cette lumière révèle sa composition, ensemble de longueurs d'ondes qui donnent — en allant des plus courtes aux plus longues — le violet, l'indigo, le bleu, le vert, le jaune, l'orangé et le rouge. Côté grandes longueurs d'ondes — au-delà du rouge — les rayons infrarouges sont invisibles, mais produisent de la chaleur. Côté ondes courtes — au-dessous du violet — les rayons ultraviolets, eux aussi invisibles, impressionnent cependant les films photographiques.

Goethe n'a cessé de combattre cette théorie de Newton qui voudrait que toutes les couleurs fussent contenues dans la lumière incolore, et en sortent comme par analyse. Pour lui, la lumière est originellement simple. Cela lui semble évident, nécessaire, normal, presque moral. L'idée d'une lumière blanche résultant d'un mélange de toutes les couleurs lui fait horreur.

Mais alors d'où viennent les couleurs ? Elles résultent d'autant d'agressions du monde extérieur subies par la lumière. C'est en traversant des « milieux troubles » que la lumière les engendre, et ces milieux peuvent être l'air du ciel — produisant du bleu —, l'eau de la mer — engendrant un vert glauque — ou les angles d'un prisme de cristal déployant un arc-en-ciel.

Ainsi les sept couleurs sont comme les sept douleurs de la lumière, ou — à un stade élémentaire — comme les sept péchés capitaux qui viennent troubler l'âme originellement pure et simple de l'enfant.

Cette vision de Goethe trouve une illustration dans le choix de la couleur ou du noir et blanc qui s'offre aujourd'hui aux photographes. Certes la pellicule couleurs s'est totalement imposée sur l'immense marché de la photo d'amateur. Mais il s'agit d'une photographie touristique et familiale sans aucune ambition créatrice. Pour elle, la couleur n'est qu'un heureux cache-misère.

Au contraire les grands créateurs de l'art photographique — les Cartier-Bresson, Kertesz, Lartigue, Weston, Brassaï, Doisneau, etc. — se limitent strictement à la photo en noir et blanc. Il faudrait d'ailleurs cesser de parler de photo en noir et blanc, alors qu'elle n'est jamais ni noire, ni blanche. Cette photo est faite d'une gamme de gris, du plus clair au plus foncé. C'est un camaïeu cendré, et c'est ce qui fait sa finesse et sa profondeur.

Car cette image grise nous livre la réalité à l'état pur, telle que Dieu la pétrit au cours de la première semaine du monde. C'est la substance même des choses qu'elle nous donne à voir.

On pourrait encore dire ceci : la photo grise est plus proche de la réalité que la photo en couleurs, parce que la réalité est grise. Le monde qui nous entoure est par lui-même incolore. Ce sont les peintres qui lui prêtent des couleurs, et si nous croyons voir les choses en couleurs, c'est pour avoir trop fréquenté les galeries et les expositions de peinture. Nous en sommes ressortis chaussés à tout jamais de lunettes chromogènes.

CITATION

A noir, E blanc, I rouge, U vert, O bleu : voyelles,
Je dirai quelque jour vos naissances latentes :
A, noir corset velu des mouches éclatantes
Qui bombinent autour des puanteurs cruelles,

Golfes d'ombre ; E, candeurs des vapeurs et des tentes,
Lances des glaciers fiers, rois blancs, frissons d'ombelles ;
I, pourpres, sang craché, rire des lèvres belles ;
Dans la colère ou les ivresses pénitentes ;

U, cycles, vibrements divins des mers virides,
Paix des pâtis semés d'animaux, paix des rides
Que l'alchimie imprime aux grands fronts studieux ;

Ô, suprême Clairon plein de strideurs étranges,
Silences traversés des Mondes et des Anges :
— Ô l'Oméga, rayon violet de Ses Yeux !

Voyelles
Arthur Rimbaud

L'âme et le corps

L'âme est le principe vital, éternel et immuable qui habite le corps. C'est une notion religieuse qui ne doit pas être confondue avec l'esprit. La culture, la mémoire, l'imagination relèvent de l'esprit. Elles peuvent varier d'un âge à un autre, d'une situation à une autre. Le dormeur, l'ivrogne et le fou se définissent par l'état de leur esprit, non par leur âme. L'âme est une lueur divine prisonnière d'un corps le temps d'une vie. La mort est sa libération.

Telle est du moins la conception platonicienne, néoplatonicienne et chrétienne de la relation de l'âme et du corps. Elle souligne les sujétions matérielles imposées à l'âme par le corps, sa situation ici et maintenant dans l'espace et le temps, sa faiblesse, sa vieillesse, ses besoins, ses maladies. Le corps doit être nourri, habillé, soigné. Et de quelles exigences, de quelles souffrances n'est-il pas le siège !

Selon une autre vision — qui s'épanouit avec les recherches des anatomistes de la Renaissance — notre corps est un objet d'étude incomparable. Il nous en apprend plus qu'aucun autre sur les lois de la nature, puisque nous le vivons de l'intérieur. Son étude ne peut que nous remplir d'étonnement et d'admiration. La sculpture antique avait célébré sa beauté extérieure. L'anatomie et la physiologie nous apprennent quelle machine merveilleusement agencée il est. Certes il est vulnérable, mais c'est parce qu'il est aussi efficace. Si l'on veut pouvoir agir dans le monde matériel, il faut accepter le risque de pâtir. L'âme doit se féliciter d'avoir à sa disposition cet instrument de précision pour s'insérer dans la vie concrète, et le jour de sa mort elle doit pleurer d'être séparée d'un aussi admirable compagnon.

C'est pourquoi l'âme doit ménager et entretenir son corps, comme un cavalier soigne son cheval. Jean-Jacques Rousseau : « Plus le corps est faible, plus il commande ; plus il est fort, plus il obéit. » Cette conception du corps-cheval mène à sa réhabilitation morale. À l'image d'une âme éthérée, traînant, comme un boulet, un corps plein d'appétits grossiers et impérieux, se substitue celle d'un corps naïf, sage et sain — comme un animal — chevauché par une âme perverse, vicieuse et suicidaire. Si le corps devient alcoolique, tabagique ou morphinomane, n'est-ce pas son âme qui lui a infligé ces tares ? Le premier contact d'un corps vierge avec l'alcool, le tabac ou la drogue provoque de sa part un réflexe de rejet violent qui est la santé même. Il faut que l'âme dresse le corps à supporter et à aimer ces perversions.

Cette réhabilitation du corps trouve sa justification religieuse dans le dogme chrétien de la « résurrection de la chair », selon lequel, à la fin des temps, tous les morts reviendront à la vie avec un corps que saint Paul qualifie de glorieux (1, Corinthiens XV). Les théologiens attribuent à ce corps nouveau quatre attributs essentiels : l'éclat, l'agilité, la subtilité et l'impassibilité.

Animula, vagula, blandula
Hospes comesque corporis
Quae nunc abibis in loca
Pallidula, rigida, nudula
Nec, ut soles, dabis iocos.

Petite âme vagabonde et câline,
Compagne et convive du corps,
Voici que tu descends dans des lieux
Livides, farouches et nus
Où tu ne t'adonneras plus à tes jeux habituels.

Empereur Hadrien

Quantité et qualité

La quantité recouvre la série infinie des nombres et suppose qu'on sache discerner ce qu'il y a de commun entre 3 fleurs, 3 chevaux et 3 bonbons. Ce nombre 3 — qui n'est ni fleur, ni cheval, ni bonbon — l'enfant y parvient assez facilement grâce aux gestes qui l'engendrent. Compter jusqu'à 3, marcher 3 pas, battre avec la main une mesure à 3 temps, voilà des actes élémentaires qui ne sont ni fleur, ni cheval, ni bonbon, et qui produisent le 3.

Il n'empêche que les 3 fleurs, les 3 chevaux et les 3 bonbons doivent, pour faire 3, être assez semblables, assez proches, mais distincts cependant les uns des autres. L'idéal pour compter avec des objets, ce sont les boules du boulier — ou abaque, l'un des tout premiers mots du dictionnaire. Bref il faut que la *qualité* de l'objet compté s'efface autant que possible. La boule du boulier ne doit avoir ni odeur ni goût et faire oublier sa couleur et sa forme.

On voit ici l'opposition entre qualité et quantité. On s'efforce par exemple de réduire l'espace à la *quantité* en le mesurant. Il devient dès lors x mètres, décamètres, kilomètres. Mais la qualité reparaît si l'on observe que *x* kilomètres de plaine en pente douce ne se franchissent pas comme *x* kilomètres d'escarpements rocheux. S'agit-il bien des mêmes kilomètres ? On connaît la vieille question-piège : qu'y a-t-il de plus lourd, un kilo de plumes ou un kilo de plomb ? Sans doute le poids est-il le même, mais si je dois transporter l'un ou l'autre, l'effort sera bien différent.

Confrontée à la réalité, la mesure connaît également d'autres mésaventures. Si j'abaisse de degré en degré la température d'un litre d'eau, je peux croire que je reste dans le cadre de la pure mesure quantitative. Jusqu'au moment où je franchis le zéro et où mon eau gèle. Une progression purement quantitative semble avoir provoqué une révolution qualitative : le liquide est devenu solide, et un observateur naïf pourrait se demander s'il s'agit toujours du même corps.

De même pour la taille de l'homme. Si on lui ajoute un, deux, trois, etc., centimètres, l'homme moyen devient soudain un géant. À quel nombre de centimètres ajoutés ? On pourrait rechercher à l'inverse à partir de quelle diminution de taille, un homme simplement petit devient un nain ?

On le voit, la quantité maîtrise mal la qualité et subit parfois des échecs cruels. Il y a pire. La qualité n'est pas immuable. Elle évolue. Cela s'appelle l'altération — un concept qu'Octave Hamelin définissait comme la synthèse de la qualité et du mouvement. Il est regrettable que le mot ait une connotation péjorative. Le fruit qui mûrit, le vin qui se bonifie, l'enfant qui devient raisonnable, autant de cas d'altérations.

Or l'altération n'est presque jamais mesurable.

Dans son mouvement, la qualité échappe à la quantité. C'est affaire de goût subjectif, d'appréciation individuelle, d'intuition indéfinissable.

Sans doute la qualité vaut mieux que la quantité, mais sur la qualité, on peut discuter à l'infini, tandis que la quantité, elle, est indiscutable.

Edward Reinrot

La droite et la gauche

La main droite est normalement plus « adroite » que la main gauche qui est elle-même « gauche », c'est-à-dire maladroite. Chez les droitiers du moins qui forment la grande majorité des hommes. Traditionnellement le bien est à droite, le mal à gauche. Par exemple, sur le Calvaire, le bon larron se place à la droite du Christ, le mauvais larron à sa gauche. Lors du Jugement Dernier, les élus iront se placer à la droite du Père, les réprouvés se rangeront à sa gauche.

En 1789, dès la première réunion des états généraux, les royalistes se placèrent d'emblée à la droite du président et les partisans de la révolution se placèrent à sa gauche. Il en est résulté une tradition politique qui s'est perpétuée jusqu'à nous.

Qu'est-ce qu'un homme de droite? Qu'est-ce qu'un homme de gauche? L'homme de droite est conservateur. Il croit aux valeurs traditionnelles et entend les défendre contre les fauteurs de trouble. L'homme de gauche croit au progrès, et veut le promouvoir contre un ordre établi qu'il juge injuste. Pour l'homme de droite, le paradis est derrière nous, et chaque jour qui passe nous en éloigne. La Révolution de 89 a été une catastrophe irrémédiable, mais déjà Louis XIV, s'installant à Versailles pour fuir Paris et sa populace, prouvait bien que le ver était dans le fruit. Il faut remonter jusqu'à Saint Louis pour retrouver un idéal sans tache. Comme la marche du temps est inéluctable et irréversible, il y a un fonds de pessimisme dans l'esprit de droite. Ce pessimisme atteint un paroxysme avec certains écrivains comme Joseph de Maistre, Léon Bloy ou Louis-Ferdinand Céline qui ne voient à la marche du temps qu'une issue apocalyptique.

L'homme de gauche croit, avec Condorcet, que « la perfectibilité de l'homme est indéfinie ». Pour lui, l'humanité sort lentement des ténèbres de l'ignorance et monte vers la lumière et les lendemains qui chantent.

Dans la dispute sur l'influence respective de l'hérédité et du milieu sur le vivant, la droite privilégie l'hérédité, la gauche le milieu. Là aussi il y a un pessimisme de droite, car l'hérédité est une fatalité irrémédiable, et un optimisme de gauche, puisque le milieu se laisse plus facilement améliorer. Quand une nation est menée par un pouvoir totalitaire, s'il est de droite, il prêche le racisme et crée des camps d'extermination pour en finir avec la mauvaise race. S'il est de gauche, il multiplie des camps de « rééducation » qui sont tout aussi meurtriers au total. De façon moins radicale, la biologie est plutôt à droite, la sociologie plutôt à gauche.

La physiologie cérébrale distingue l'hémisphère droit et l'hémisphère gauche, mais du fait de l'entre-croisement des fibres sensitives dans le bulbe rachidien, chaque hémisphère commande le côté opposé de l'organisme. La fameuse main droite dépend ainsi de la moitié gauche du cerveau.

CITATION

Quand nous entrâmes chez lui, il était occupé à dessiner sa main gauche avec sa main droite.

— Que diable faites-vous donc là, Géricault? lui demanda le colonel.

— Vous le voyez, mon cher, dit le mourant; je m'utilise. Jamais ma main droite ne trouvera une étude d'anatomie pareille à celle que lui offre ma main gauche, et l'égoïste en profite.

En effet Géricault était arrivé à un tel degré de maigreur qu'à travers la peau on voyait les os et les muscles de sa main, comme on les voit sur ces plâtres d'écorchés que l'on donne pour modèles aux élèves.

Mes Mémoires
Alexandre Dumas

Le temps et l'espace

Le temps et l'espace sont les deux grandes dimensions de notre expérience. Le temps est vécu comme durée avec délice, impatience ou horreur. C'est le tissu même de la vie — et il n'est pas surprenant qu'une philosophie vitaliste comme celle d'Henri Bergson lui donne une place centrale : « Partout où quelque chose vit, il y a, ouvert quelque part, un registre où le temps s'inscrit. » (*L'Évolution créatrice*, 1907.)

De même l'étendue est perçue concrètement comme un décor qui peut être vertigineusement vide ou au contraire encombré d'objets jusqu'à l'étouffement, franchissable d'un bond ou inaccessible.

Un effort d'abstraction peut ensuite vider ces deux milieux de tout contenu pour en faire des formes homogènes et infinies, soumises à des unités de mesure. Pour Kant, l'espace et le temps sont les deux *formes* a priori *de la sensibilité*. Bien que parfaitement intelligibles, elles ne sont pas réductibles à des concepts de l'entendement, comme le prouvent par exemple les notions de droite et de gauche qui relèvent de la seule sensibilité.

Le temps ne se distingue alors de l'espace que par son irréversibilité. Théoriquement, un mobile dans l'espace peut toujours revenir à son point de départ. Le cours du temps, lui, ne se remonte pas — si ce n'est dans un roman fantastique comme *La Machine à explorer le temps* (1895) de Herbert George Wells. Cette fiction consiste simplement à supprimer cette irréversibilité et à faire du temps un autre espace. On explore alors l'Histoire, comme on s'aventure en Afrique noire ou en Amazonie. Notons que cette suppression de l'irréversibilité est figurée de façon grossièrement formelle par les aiguilles des horloges — qui reviennent chaque jour à leur point de départ en posant l'équation 24 heures = 0 heure — et par la ronde éternelle des mois et des saisons du calendrier. L'essentiel de la philosophie de Bergson est une défense de la durée irréversible, concrètement vécue, contre sa réduction au temps abstrait de la physique qui n'est qu'un espace déguisé.

Dans une vision — qui relève plus de la poésie que de la philosophie — Frédéric Nietzsche a posé le principe d'un éternel retour. C'est l'un des dogmes de son livre, *Ainsi parlait Zarathoustra* (1883), avec la mort de Dieu et le oui enthousiaste accordé à la vie et au destin (*Amor Fati*). C'est que le cours du temps possède deux visages, l'un qui pleure — la course de l'humanité vers l'autodestruction à travers des tribulations sanglantes —, l'autre qui rit — la ronde paisible et familière des saisons et des astres. L'idée d'un éternel retour de l'histoire humaine efface cette opposition et confère à ses événements un caractère nécessaire et serein qui fait oublier leur atrocité.

Octave Hamelin faisait naître le mouvement de la

synthèse du temps et de l'espace. On peut opérer la démarche inverse : poser premièrement le mouvement, et en déduire par décomposition l'espace et le temps. C'est sans doute le sens de cette phrase de Maurice Maeterlinck :

CITATION

Si les astres étaient immobiles, le temps et l'espace n'existeraient plus.

La surface et la profondeur

Il y a une géométrie de la morale. Une pensée peut
être élevée ou basse, profonde ou superficielle. On
comprend aussitôt que la pensée élevée et la pensée
profonde sont des bonnes pensées, alors que la pensée basse et la pensée superficielle sont des mauvaises
pensées. On remarquera cependant l'affinité indiscutable, d'un point de vue purement spatial, entre la
pensée profonde et la pensée basse. Dès lors qu'on
descend au-dessous du niveau de la mer — considéré
comme la mesure de l'altitude zéro — fait-on preuve
de profondeur ou de bassesse? Quant à la pensée
« élevée », on peut la disqualifier en la traitant d'idéaliste, d'irréaliste, de point de vue sommaire, en « sur-
vol », etc. Bref, les critères moraux qui se fondent sur
des considérations spatiales sont d'une grande fragilité.

Il n'en va pas de même de la pensée philosophique
et scientifique. Dès Platon, les philosophes ont
dénoncé l'incertitude qui entache le monde des apparences. Les illusions des sens — optiques notamment
— nous obligent à traiter avec suspicion les données
sensibles immédiates et à rechercher, sous la fantas-

magorie des apparences, une réalité plus solide. Cette démarche est illustrée par le fameux « mythe de la caverne » de Platon (*République*, livre 7). L'humanité, nous dit-il, est semblable à des prisonniers enchaînés dans une caverne, la tête tournée vers le fond de la caverne. Derrière eux brûle un feu. Entre le feu et eux, des personnages passent en portant des objets dont les ombres sont projetées sur le fond de la caverne. Bien entendu, les prisonniers, ne voyant rien d'autre que ces ombres, les prennent pour la réalité. Seul celui qui aura eu la force de se retourner saura qu'il ne s'agit que d'apparences. C'est le « métaphysicien », celui qui voit au-delà (*méta*) du physique.

La physique et la chimie modernes vont tout à fait dans le sens de cette distinction entre une fantasmagorie subjective et une réalité profonde qui la soustend et que seule l'intelligence peut reconstruire. Ce monde caché et intelligible, Platon et, après lui, Kant l'appelaient le monde des « noumènes » (par opposition au monde des « phénomènes »). L'atome, son noyau et ses particules, les neutrons et les électrons, etc., sont les noumènes qui se cachent sous le chatoiement illusoire de notre décor concret. Les couleurs se définissent par leur longueur d'onde depuis le violet (0,4 micron) jusqu'au rouge (0,8 micron). La chaleur n'est qu'une forme particulière d'énergie, etc.

Au début du XXᵉ siècle, certains philosophes ont réagi contre ce parti pris scientifique qui rejetait, comme illusoire, tout le contenu de la vie concrète. Alors qu'Henri Bergson s'attachait à sauvegarder les « données immédiates de la conscience » et à décrire minutieusement le mécanisme du comique de cirque

et de théâtre, Edmund Husserl et, après lui, Jean-
Paul Sartre définissaient la « phénoménologie »
comme une méthode destinée à saisir les essences
dans les apparences immédiates.

CITATIONS

Ce qu'il y a de plus profond dans l'homme, c'est la peau.

...

La vérité est nue, mais sous le nu, il y a l'écorché.

Paul Valéry

L'acte et la puissance

C'est à Aristote que l'on doit les concepts d'acte (*energeia*) et de puissance (*dynamis*) qu'il définit dans sa *Métaphysique*. Les exemples qui illustrent cette opposition sont aussi nombreux que faciles à comprendre — trop nombreux et trop faciles peut-être, car elle semble au total manquer de consistance. L'homme éveillé et le dormeur, l'homme qui regarde et celui qui ferme les yeux, la statue et le lingot d'airain encore informe, le fruit par opposition à la fleur, la fleur épanouie par rapport au bouton, etc., autant d'illustrations de ce qui est acte et de ce qui est puissance.

Platon opposait le monde supérieur des Idées — éternelles, inaltérables, parfaitement définies — à la mêlée confuse du monde perçu par les sens. Aristote a fait descendre les idées sur la terre. Encore faut-il qu'elles ne se dissolvent pas dans le flot du mouvement et du devenir qui dominent le monde sensible. Comment préserver l'unité qui persiste entre le vieillard et l'enfant qu'il fut ? Il s'agit bien du même individu, mais... il a changé, voilà tout. Comment retrouver le même dans le changeant ? Par la puissance qui est la présence fantomatique du futur dans le présent. Le vieillard était déjà en puissance dans l'enfant. D'année en année, il est passé à l'acte.

La théorie d'Aristote a fait merveille dans toute l'Antiquité et le Moyen Âge. On en retrouve une variante chez Leibniz pour lequel la division à l'infini des monades permet une évolution perpétuelle qui ne brise pas l'unité de l'essence de chacune d'elles.

On appelle « puissances » les États souverains. C'est qu'en effet chaque État est capable à tout moment, par sa diplomatie, ses moyens économiques ou son armée, de « passer à l'acte ». Et son poids auprès des autres États tient à cette menace perpétuelle.

L'opposition entre puissance (ou impuissance) sexuelle et acte sexuel domine la vie érotique du couple. Car l'impuissance sexuelle consiste généralement dans la précocité de l'acte sexuel. La puissance sexuelle se manifeste dans une érection prolongée et une éjaculation différée à volonté. Elle est l'acte promis, suspendu, enveloppé, retenu. Telle est l'abnégation du bon amant.

CITATION

Bien que beaucoup de substances soient déjà parvenues à une grande perfection, cependant, à cause de la divisibilité du continu à l'infini, il subsiste toujours dans l'abîme des choses des parties assoupies encore à réveiller et à attirer vers du plus, du meilleur, et, dirais-je, une culture supérieure. Et jamais par suite le progrès ne sera parvenu à son terme.

De l'origine radicale des choses, 1697
Leibniz

Le genre et la différence

La logique classique nous apprend qu'une définition se compose normalement du genre prochain et de la différence spécifique. Si je dis par exemple que *l'homme est un animal raisonnable*, je commence par le ranger dans le genre le plus immédiat, celui des animaux. Il se trouve là en compagnie de la girafe, de l'escargot et de la puce. Pour le distinguer de ces voisins, j'ajoute sa différence spécifique. Il est raisonnable, ce que ne sont pas justement la girafe, l'escargot et la puce.

Cette définition de la définition est précieuse, parce qu'il importe à toute chose et à tout un chacun de posséder un genre et une différence. Soit par exemple l'ensemble des députés de l'Assemblée nationale. Chacun d'eux représente indistinctement la France tout entière. Mais en même temps il est issu d'une province, souvent d'une ville dont il est maire, et il arrive fréquemment qu'il y ait conflit entre l'intérêt national (genre) et l'intérêt local (différence).

Il est encore plus intéressant d'appliquer cette grille au déchiffrement des œuvres littéraires. On peut dire qu'une œuvre est d'autant plus forte que sa différence spécifique renforce — au lieu de détruire — son genre prochain. Certaines œuvres en effet accentuent leur différence jusqu'à la bizarrerie et perdent tout sous l'angle de l'universalité. Car s'il est bon d'être original, il est mauvais d'être *un* original. C'est le cas de la plupart des auteurs dits « régionalistes ». Pour s'en délecter, il faut être de la même province. Ce sont des écrivains de « cheux nous » qui fleurent bon le petit vin et l'accent du pays, mais qui doivent se consommer sur place, parce que, pas plus que le vin du terroir, ils ne supportent le voyage.

Une œuvre peut s'enfoncer dans sa différence par sa langue. Certaines tournures dialectales, un vocabulaire particulier — ni opaque ni transparent, mais joliment translucide — lui donnent une saveur incomparable. Mais du même coup le cercle de ses amateurs se restreint, et notamment elle supporte mal l'épreuve de la traduction. C'est ainsi que l'Auvergnat Henri Pourrat, le Bourguignon Henri Vincenot ou le Breton Pierre Jakez Hélias ne connaissent pas le rayonnement international que nous leur souhaitons. C'est encore plus vrai dans d'autres pays, comme l'Allemagne, où des auteurs aussi importants que Theodor Storm ou Theodor Fontane rebutent le lecteur étranger par les provincialismes qui l'arrêtent à chaque page.

Et il y a l'autre versant, celui des esprits larges qui s'adressent à l'humanité tout entière et qui valent par leur ouverture et leur générosité. On songe en premier à Tolstoï, l'homme par excellence du genre, et qui s'oppose comme tel à Dostoïevski, l'homme des différences poussées au paroxysme. Pour lui aussi il y a péril, et Gide — qui lui préférait Dostoïevski — l'a comparé au peintre d'histoire Édouard Detaille, aussi bien pour l'ampleur de sa vision que pour la platitude de la lumière d'atelier qui la glace.

Plus grave est le cas de Romain Rolland, l'inventeur du « roman-fleuve » qui roule vers un immense estuaire des eaux limpides, mais froides et insipides. Il se voulait le disciple de Spinoza, Goethe et Tolstoï. Lorsque la guerre de 1914 éclate, il a le courage de dire non aux hystéries nationalistes qui se déchaînent des deux côtés du Rhin, et lorsque a lieu la révolution russe en 1917, c'est au son du finale de la 9e symphonie de Beethoven qu'il l'entend. Tout cela paraît aujourd'hui d'une touchante naïveté.

Il n'en reste pas moins nombre d'écrivains qui ont surmonté — et même, semble-t-il, mis à profit — l'alternative genre-différence. Personne ne doute que Thomas Mann soit un écrivain allemand, parmi les plus allemands des écrivains allemands. Cette différence était périlleuse et elle a failli le perdre, lorsque, en 1914, il fut saisi par l'ébriété nationaliste et brandit l'étendard de la supériorité germanique. Il risquait de devenir une sorte de Barrès prussien quand l'apparition du nazisme le guérit assez brutalement de cet aveuglement. Son exil et la Seconde Guerre mondiale achevèrent sa métamorphose. *Le Docteur Faustus*, écrit aux USA pendant la guerre, reste le plus allemand des romans allemands de cette période, mais la largeur de son horizon est admirable. C'est la solution de la différence éclatée.

On doit citer encore l'exemple d'Albert Cohen. Nul doute qu'une partie de son œuvre est diminuée par son âpre fidélité à ses racines méditerranéennes. Mais il est parfois parvenu à intégrer heureusement

sa « différence » à un sentiment d'ampleur universelle, et cette fusion de deux inspirations contraires
donne un résultat incomparable de force et de
saveur. Dans *Le Livre de ma mère*, il décrit sa mère
avec une insistance parfois cruelle comme une femme
modeste, voire bornée, dont les origines judéo-orien-
tales se trahissent par cent travers ridicules. Mais elle
incarne en même temps l'abnégation maternelle avec
une pureté absolue. Par là, elle concerne l'humanité
tout entière dans ce qu'elle a de plus sensible et de
plus désintéressé. C'est la solution de la différence
sublimée.

CITATION

*Pour bien saisir les différences, il faut refroidir sa tête et
ralentir le mouvement de sa pensée. Pour bien remarquer les
analogies, il faut échauffer sa tête et accélérer le mouvement
de sa pensée.*

Marie Jean Hérault de Séchelles

Le donné et le construit

Lorsqu'on joue aux cartes, c'est le hasard qui attribue à chaque joueur les cartes — as, roi, dame, valet, etc. — qu'il aura en main pour mener sa partie. À lui dès lors — à son intelligence, son expérience, sa technique — d'en tirer ensuite le meilleur parti. Ce cas si particulier et si dérisoire d'une belote ou d'un bridge symbolise parfaitement ce qui entre dans la vie de donné et de construit. Le donné, ce sont nos gènes héréditaires, notre physique, nos dispositions. Mais aussi le milieu où nous sommes nés, où nous avons grandi et que nous n'avons pas davantage choisi que la couleur de nos yeux.

Telles sont les « cartes » que le destin met entre nos mains au départ. Mais très vite la partie s'engage, et c'est à nous — je veux dire à notre libre volonté — de jouer.

Il s'agit alors de « construire » sa vie. Sa culture — dont le gros-œuvre est achevé à vingt ans, et si l'on peut encore mettre des tapisseries au mur et des pots de fleurs aux fenêtres, l'essentiel est irrémédiablement terminé. Son compagnonnage — car dès nos premiers émois, nous avons expérimenté « autrui » et déterminé ceux — ou celui, ou celle — que nous voulons à tout prix et ceux dont nous ne voulons à aucun prix. Son gagne-pain enfin — car il faut bien vivre et faire quelque chose dans la vie. Et tout cela forme une construction, brillante ou calamiteuse, avec des parties belles et d'autres minables.

Il semble que la vie soit faite des périodes ayant chacune son rôle dans cette construction, et que certains retards puissent être irrémédiables. Il est établi que l'enfant qui n'a pas appris à parler à un certain âge ne maîtrisera jamais par la suite la faculté de s'exprimer quels que soient les efforts qu'il fasse dans ce sens. D'autres défaillances moins évidentes peuvent également se répercuter sur toute une vie. Par exemple l'enfant, qui, pour une raison quelconque, n'a pas été à l'école et n'aura pas fait à temps l'apprentissage de la vie communautaire, ne comblera peut-être jamais cette lacune.

Le donné offert à chaque homme au départ est totalement injuste. Il y a les pauvres et les riches, les grands et les petits, les beaux et les laids. Mais un donné trop riche décourage et empêche l'activité constructive. Les vrais jumeaux restent célibataires plus souvent que les autres, parce que la nature leur a donné un compagnon idéal dès le berceau. Une fortune acquise vaut mieux qu'une fortune héritée, et on connaît le destin lamentable de certains enfants de milliardaires.

CITATION

Les dieux comblent de bienfaits les hommes qu'ils veulent perdre.

Proverbe antique

L'idéalisme et le réalisme

Idéalisme-réalisme. Il ne s'agit là ni de psychologie ni d'écoles littéraires. On ne songe pas à opposer Lamartine à Flaubert. Il s'agit de deux solutions possibles au problème de la connaissance.

La question fondamentale consiste à se demander où l'on situe la rationalité. Selon le point de vue du réalisme, la rationalité se trouve dans la nature. Les choses sont foncièrement rationnelles. L'homme au contraire obéit à des fantasmes, des passions, des terreurs et des rêves irrationnels. Toute l'histoire de la science, c'est l'apprentissage de la raison par l'homme grâce à la seule observation de la nature. La nature joue ici le rôle d'une éducatrice à l'infaillible sagesse vis-à-vis de ce pauvre fou qu'est l'homme.

Les « scientifiques » sont tout spontanément réalistes, si spontanément qu'ils ne le savent même pas, ce mot ne faisant pas partie de leur vocabulaire. C'est là une inconscience dangereuse qui peut leur valoir des réveils douloureux, voire des crises de somnambulisme aventureuses. Si l'on adhère à une théorie — de la connaissance ou autre — mieux vaut que ce soit délibérément et en toute conscience.

À l'opposé, l'idéalisme place la rationalité dans

l'esprit humain. Il conçoit la nature comme une masse amorphe fournissant à l'esprit un matériau dans lequel celui-ci puise pour construire les diverses sciences. Pour l'idéalisme, le « fait brut objectif » apparaît comme un obstacle opaque, plus ou moins difficile à réduire, mais qui devra être assimilé pour que la science s'élabore. Le fait scientifique n'est pas ce dont est faite la science, mais ce que fait la science en se faisant.

L'idéaliste récuse toute idée de progrès, et dénonce la naïve arrogance des scientifiques persuadés que leurs connaissances sont les meilleures de toute l'histoire humaine par cela seul qu'elles sont les plus récentes. Les diverses sociétés humaines à travers le temps et l'espace — qu'il s'agisse de l'Égypte pharaonique ou des USA de F. Roosevelt — constituent des systèmes cohérents et rigides où l'on peut distinguer, comme autant d'organes solidaires, un système politique, une religion, une économie, une médecine, une astronomie, une physique, une poésie, un théâtre, une musique, etc. Aucune de ces structures ne peut être supprimée ou remplacée. Lorsque nos médecins ou nos astronomes affirment que leur médecine ou leur astronomie est meilleure ou plus vraie que celle du temps de Louis XIV, ils expriment simplement par là leur appartenance à la fin du XXᵉ siècle.

CITATION

Esse est percipi.
Être, c'est être perçu.

George Berkeley

A priori *et* a posteriori

J'ai un mot à écrire, mais je ne retrouve pas mon stylo. Où est-il ? Qu'en ai-je fait ?

Deux méthodes de recherche sont possibles. La première consiste à fermer les yeux et à faire un effort de mémoire et de réflexion. Quand et où me suis-je servi de mon stylo pour la dernière fois ? Qu'ai-je fait ensuite ? La seconde méthode consiste à me lever et à chercher partout sans plus me casser la tête. J'explore poches, tiroirs, cartables, etc.

La première démarche est *a priori*, la seconde *a posteriori*.

On notera cependant que la distinction n'est pas absolue. Quand mes déductions m'ont appris que mon stylo devait se trouver dans la poche intérieure gauche de mon blouson de cuir, il reste un doute, et la vérification *a posteriori* peut démentir ma conclusion. Inversement les recherches *a posteriori*, dans tous les coins et recoins où mon stylo peut être, sont guidées par une idée vague (*a priori*) qui exclut bien évidemment certaines investigations. Je sais bien que mon stylo n'a aucune chance de se cacher à la cave ou au grenier.

172

La recherche scientifique est un perpétuel va-et-vient entre le raisonnement *a priori* et l'expérimentation *a posteriori*. L'*Introduction à la médecine expérimentale* de Claude Bernard (1865) en donne maints exemples dans le domaine de la physiologie. Mais c'est l'astronomie, avec son aller-retour de la lunette (*a posteriori*) au tableau noir (*a priori*), qui illustre le mieux l'alternance. En 1682, l'astronome anglais Edmond Halley observa le passage de la comète — qui depuis porte son nom —, et calcula qu'elle reparaîtrait à la fin de l'année 1758. Il devait mourir en 1742. Seize ans plus tard, fidèle au rendez-vous, la comète se montrait dans la lunette de ses successeurs, et lui assurait une gloire méritée.

Il n'y a pas que dans le domaine scientifique que ces deux voies sont ouvertes. La création photographique, par exemple, comporte elle aussi une démarche *a priori* et une recherche *a posteriori*. Il y a des photographes de l'*a posteriori*, tels Henri Cartier-Bresson ou Édouard Boubat. Ils vont par les villes et par les campagnes, l'appareil de photo à la main, sans savoir à l'avance ce que la vie libre et aléatoire leur offrira. Mais il faut observer que l'aléa n'est pas total, puisqu'ils rencontrent toujours des personnages ou des scènes qui leur ressemblent et qui paraissent porter déjà leur signature.

D'autres photographes, tels Helmut Newton ou Richard Avedon, procèdent au contraire *a priori*. Ils ont en tête à l'avance l'image qu'ils veulent faire. Et tout le travail consiste à reconstituer en studio cette image dont ils rêvent. Ce sont principalement des photographes de mode et de publicité.

Ces notions d'*a priori* et d'*a posteriori* sont fondamentales chez certains philosophes. La théorie de la connaissance de Kant repose sur la mise en lumière des conditions *a priori* de la connaissance, c'est-à-dire des conditions qui se trouvent, non pas dans l'objet connu, mais dans le sujet connaissant. Ces conditions *a priori* de la connaissance, Kant les appelle *transcendantales*. C'est ainsi que l'espace étant l'une des conditions transcendantales de notre perception, la géométrie est une science *a priori*, bien que tributaire de cette perception.

Le comble de l'« a-priorisme » se trouve dans la théorie de la connaissance de Platon. Selon cette théorie, l'âme est immortelle et a séjourné dans le ciel des idées pures. Puis elle a été exilée dans le bas monde de mélanges et d'ombres qui est le nôtre. Dès lors toute recherche va consister à dégager de l'expérience le souvenir des idées perdues. Toute connaissance vraie est une réminiscence.

CITATION

En tant que l'âme est immortelle et qu'elle a eu plusieurs naissances, en tant qu'elle a vu toutes choses, aussi bien celles d'ici-bas que celles de chez Hadès, il n'est pas possible qu'il y ait quelque réalité qu'elle n'ait point apprise. Par conséquent, ce n'est pas du tout merveille que, concernant la vertu comme le reste, elle soit capable de se ressouvenir de ce dont elle avait connaissance auparavant. De fait en tant que la nature tout entière est d'une même famille, en tant que tout sans exception a été appris par l'âme, rien n'empêche que, nous ressouvenant d'une seule chose, ce que nous appelons apprendre, nous retrouvions aussi tout le reste, à condi-

174

tion d'être vaillants et de ne pas nous décourager dans la recherche : c'est que, en fin de compte, chercher et apprendre sont en leur entier une remémoration.

Ménon 81
Platon

L'absolu et le relatif

L'absolu, c'est ce qui est séparé, sans rapport à quelque chose d'autre, sans comparaison. C'est ce qu'il y a de plus grand, de plus élevé et de plus rare en un sens. Mais c'est aussi ce que nous connaissons de plus banal. Car les données brutes de la vie quotidienne — la chaleur ambiante, les couleurs, même nos sensations intérieures comme la faim ou la fatigue —, tout cela nous est donné comme autant d'absolus, une sorte de matériau premier que nous négligeons habituellement, mais que nous pouvons aussi retenir pour l'élaborer.

Et c'est sous l'effet de cette élaboration que le relatif va apparaître. Soit par exemple la chaleur de l'air ambiant où je baigne actuellement. Il ne tient qu'à moi de la mesurer à l'aide d'un thermomètre. Aussitôt la donnée absolue va se trouver prise dans les mailles d'un système intelligible. La température chiffrée devient comparable à une multitude d'autres températures — celle de la nuit, celle du dehors, celle de la moyenne saisonnière, etc. Le relatif apparaît donc comme le produit ordinaire et la fin normale de l'activité de l'intelligence. L'intelligence est la faculté de *relativiser* les absolus livrés bruts par l'expérience.

De tout temps, certains penseurs ont cherché à aller au-delà de ce filet de relations tissé par l'intelligence. Après l'expérience brute et son élaboration par les sciences, ils se sont tournés vers un troisième genre de connaissance qui atteindrait directement la source de toute lumière. C'est l'intuition mystique qui allie l'immédiateté de l'expérience brute et la transmissibilité de la connaissance scientifique. À l'origine de l'expérience mystique, il y a la foi vécue comme la certitude de la présence de Dieu. Mais cette présence peut s'atténuer, s'effacer, abandonnant le croyant dans la « nuit obscure ». Elle peut s'intensifier au contraire, plongeant alors le mystique dans un abîme de lumière.

Ce que l'expérience mystique possède en commun avec la connaissance scientifique relationnelle, c'est sa communicabilité et la présence autour du mystique d'une communauté — disciples, frères ou simples coreligionnaires — qui la partage. Il n'y a pas de mystique solitaire.

CITATION

L'existence de l'absolu se cache et bouge derrière la tapisserie du monde. On ne la voit pas, elle se manifeste par une absence qui est plus active que les présences, comme dans une soirée à laquelle manque le maître de maison.

Jean Grenier

La Source et le Buisson

La condamnation de Yahweh est formelle et irrévocable : Moïse qui a conduit les Hébreux quarante années durant dans le désert vers la Terre Promise de Canaan mourra sur le mont Nébo en vue de cette terre où il ne posera pas le pied.

André Chouraqui dans son monumental ouvrage sur Moïse [1] laisse éclater son étonnement : « Depuis des siècles les rabbis s'interrogent sur cette décision mystérieuse à leurs yeux : comment le meilleur des fils d'Israël, le plus grand des prophètes, l'unique annonciateur de la Thora dans les dramatiques face à face du Buisson ardent et du Sinaï, a-t-il pu être ainsi traité par le divin maître de toute justice ? »

L'explication traditionnelle de cette disgrâce de Moïse paraît si dérisoire qu'on est tenté de la passer sous silence. Il faut y prendre garde pourtant, car elle contient la clef du problème.

Une fois de plus les Hébreux se révoltent contre Moïse, car ils manquent d'eau cruellement : « "Pourquoi nous avoir fait sortir d'Égypte pour nous mener

1. André Chouraqui, *Moïse* (Éd. du Rocher).

178

dans ce désert ? Ce n'est pas un lieu où l'on puisse semer, et il n'y a ni figuier, ni vigne, ni grenadier, ni même d'eau à boire." Moïse se tourne vers Yahweh qui lui dit : "Prends le bâton... tu feras sortir l'eau du rocher et tu donneras à boire au peuple et à son bétail." Moïse rassemble le peuple et monte sur le rocher. Il le frappe deux fois de son bâton et l'eau en jaillit. Alors Yahweh dit à Moïse et à Aaron : "Parce que vous n'avez pas cru en moi, pour me sanctifier aux yeux des enfants d'Israël, vous ne ferez pas entrer le peuple dans le pays que je lui donne." » (Nombres XX).

Pour la tradition scolaire, ce serait ainsi ce second coup de bâton qui aurait trahi le manque de confiance de Moïse dans le pouvoir et la parole de Yahweh, et déchaîné la colère divine.

Ce qu'il faut retenir de cette interprétation, c'est le rôle de la source miraculeuse dans la disgrâce de Moïse. On se souviendra que Moïse veut dire « sauvé des eaux », et que le prophète n'a cessé d'avoir avec l'élément liquide des relations dramatiques. Sa mission a commencé quand le Buisson ardent apparut sur le mont Horeb, la montagne de Dieu. Yahweh lui parle du centre du Buisson, et lui ordonne de délivrer les Hébreux, esclaves des Égyptiens.

Dès lors on ne cessera de rencontrer une opposition fondamentale entre le Buisson et la Source. Il faut choisir. Le Buisson ardent ne peut être qu'éteint par la source. Mais la source, c'est la vie humaine, celle des femmes, des enfants, des bêtes et des champs. Moïse va être tiraillé entre ces deux termes. Quand les Hébreux arrivent dans le désert du Sinaï, Yahweh leur dit : « Je vous ai portés sur des ailes d'aigle et amenés vers moi. Maintenant si vous écoutez ma voix et si vous gardez mon alliance, vous serez mon peuple particulier parmi tous les peuples, car toute cette terre est à moi, et vous serez pour moi un peuple de prêtres et une nation sainte. » (Exode XIX).

Mais il y avait là un malentendu dramatique, car les Hébreux n'étaient nullement disposés à devenir ce peuple de saints anachorètes installés pour toujours dans le désert, pays de Dieu. Ils rêvaient d'une « Terre Promise où coulent le lait et le miel ». Entre la source avec ce lait et ce miel, et le Buisson ardent, il y a toute la distance qui sépare le profane et le sacré. Yahweh semble ignorer le peu de vocation des Hébreux pour la sainteté qu'il leur promet. Entre eux et Lui s'interpose Moïse constamment déchiré par cette contradiction. Yahweh et Moïse se jouent un drame amoureux. Yahweh aime Moïse et s'exaspère de ces histoires de source, de lait et de miel. Après quarante ans de tergiversations — onze jours de marche auraient suffi pour passer d'Égypte en pays de Canaan —, il laisse aller les Hébreux en Terre Promise. Du moins gardera-t-il Moïse avec lui. Sur le mont Nébo, en vue de la Terre Promise, il le fait mourir d'un baiser de sa bouche, et il l'enterre lui-même : « Aucun homme n'a connu son sépulcre jusqu'à ce jour » (Deutéronome XXXIV).

On ne donnerait pas une idée fausse de l'opposition entre Ancien et Nouveau Testament en disant que la révolution chrétienne a consisté à choisir la source contre le Buisson. Moïse avait reçu l'onction prophétique du Buisson ardent. Jésus a passé quarante jours dans le désert, mais il n'y a rencontré que

Satan et ses tentations. Il commence son ministère par son baptême dans le Jourdain. Dès lors les sources, les fontaines et les puits ne cesseront de jalonner sa marche.

CITATION

Il vint donc vers une ville de la Samarie, dite Sychar, près du domaine que Jacob avait donné à son fils Joseph. C'est là qu'était le puits de Jacob. Jésus donc, fatigué du voyage, se tenait assis tout simplement sur le puits. C'était environ la sixième heure. Une femme de la Samarie vint pour puiser de l'eau. Jésus lui dit : « Donnez-moi à boire », car ses disciples s'en étaient allés à la ville pour acheter des vivres. La femme samaritaine lui dit : « Comment vous qui êtes juif me demandez-vous à boire, à moi qui suis une femme samaritaine ? » — Les Juifs en effet n'ont pas de commerce avec les Samaritains. Jésus lui répondit : « Si vous connaissiez le don de Dieu et qui est celui qui vous dit "Donnez-moi à boire", c'est vous qui lui auriez demandé et il vous aurait donné de l'eau vive ». Elle lui dit : « Seigneur, vous n'avez rien pour puiser, et le puits est profond. D'où auriez-vous donc de l'eau vive ? Seriez-vous plus grand que notre père Jacob qui nous a donné le puits, et en a bu lui-même ainsi que ses fils et ses troupeaux ? » Jésus lui répondit : « Quiconque boit de cette eau aura encore soif, mais celui qui boira de l'eau que je lui donnerai n'aura plus jamais soif. Bien plus, l'eau que je lui donnerai deviendra en lui une source d'eau jaillissante pour la vie éternelle. »

Évangile selon saint Jean IV

Dieu et le Diable

L'Être suprême infiniment puissant, bon, savant, créateur et maître de toutes choses est présent à la créature humaine selon deux voies : la foi et la théologie. La foi, c'est simplement le sentiment d'une présence souveraine que le croyant éprouve à son côté, et grâce à laquelle il ne connaît pas la solitude. Cette présence suffit à remplir la vie des mystiques qui n'ont ainsi que l'apparence de la claustration. Mais elle peut s'effacer, et le mystique traverse alors dans une « nuit obscure » une épreuve de « déréliction ».

La théologie est la connaissance intelligente et rationnelle de Dieu. Elle culmine dans « l'argument ontologique » de saint Anselme qui fut ainsi le plus grand des théologiens. Cette preuve intelligible de l'existence de Dieu se formule de la sorte : entre toutes les idées, celle de Dieu — et elle seule — contient l'attribut de l'existence, puisqu'elle est la plus parfaite de toutes les idées. Si elle ne contenait pas cet attribut, il faudrait aussitôt la rebuter et la remplacer par une autre qui, elle, le contiendrait.

Leibniz a donné de l'argument ontologique une version en harmonie avec sa philosophie. Selon lui, les idées se pressent vers l'existence en fonction de la perfection qui est en elles. Elles n'y accèdent que si elles sont compatibles avec les idées plus parfaites réalisées avant elles. L'idée de Dieu, étant la plus parfaite de toutes les idées, se réalise la première et n'a donc pas à satisfaire à cette condition de compatibilité. S'il y a une idée de Dieu, Dieu existe donc.

Les créatures jouissent d'une liberté d'autant plus grande que Dieu les a faites plus parfaites. C'est pourquoi les animaux sont incapables de pécher. À l'autre pôle de la création, Lucifer — le Porte-Lumière —, la plus parfaite des créatures, devait succomber à l'orgueil et s'affirmer l'égal de Dieu. Il préside le royaume de l'enfer (qu'il ne faut pas confondre avec les Enfers de l'Antiquité gréco-latine) et il hante comme Diable le destin des hommes. Le Moyen Âge nous a légué une image hideuse et répugnante du Diable. Il faut attendre John Milton et son œuvre, *Le Paradis perdu* (1671), pour que Satan retrouve sa sombre beauté de grand vaincu. Lord Byron et Charles Baudelaire le pareront à leur tour des prestiges de l'intelligence sceptique et de la lucidité amère. La littérature française du xxᵉ siècle a fait largement appel au personnage du Diable. Il apparaît dans l'œuvre de Léon Bloy, Paul Claudel, Paul Valéry, François Mauriac, Jean-Paul Sartre, etc. C'est qu'il incarne le négatif de façon vivante, efficace, dramatique et pour ainsi dire positive.

CITATION

Je suis l'esprit qui toujours nie !
Et ce à bon droit, car tout ce qui prend naissance

Mérite d'être détruit.
Mieux vaudrait dès lors que rien ne naquît.
Ainsi donc tout ce que vous nommez péché,
Destruction, bref le Mal
Est mon élément propre.

Faust, 1808
Goethe

L'Être et le Néant

La première image qui se présente à l'esprit quand on pense être-néant, c'est celle d'une boule pleine en suspension dans un vide infini, la Terre par exemple roulant dans les espaces interstellaires. C'est ainsi que certains textes présocratiques, en effet, nous présentent l'Être. D'après Parménide d'Élée, l'être est « gonflé à l'instar d'une balle bien ronde ». Il est un, éternel, incorruptible. Comment dès lors passer de cet Être transcendant à la vie humaine et terrestre ? Toutefois, selon Aristote, Parménide avait élaboré une théorie du froid et du chaud, le froid relevant, selon lui, du néant, et le chaud de l'être.

À Parménide, on oppose classiquement Héraclite d'Éphèse pour lequel tout est mouvement, transformation, choc des contraires. Le feu serait, selon lui, le principe premier de toute chose. On connaît sa proposition fameuse : jamais on ne se baigne deux fois dans le même fleuve. Il est le père de la dialectique, ou art de faire progresser la pensée à la manière d'un dialogue contradictoire.

Dans le jeu de l'Être et du Néant, on peut admettre que l'Être d'Héraclite est rongé par le

Néant, comme un fruit par une multitude de vers. À l'autre bout de l'histoire de la philosophie, Jean-Paul Sartre s'oppose à Martin Heidegger sur l'Être et le Néant en des termes comparables. Ils ont en commun leur adhésion à la phénoménologie de Husserl qui consiste à donner une portée métaphysique aux expériences même les plus quotidiennes. Heidegger se livre ainsi à une analyse du bavardage, de la curiosité, de l'équivoque, du souci, etc. Dans toutes les situations humaines, il y a une présence de l'absence, c'est-à-dire une hantise du néant. L'homme est le seul être de la création dont la conscience s'accompagne sans cesse de la perspective de sa propre mort.

Pour Jean-Paul Sartre, l'Être parménidien — qu'il appelle l'en-soi — est « néantisé », c'est-à-dire affecté d'un néant ponctuel d'où naissent le mouvement, le désir, la conscience (le « pour-soi »). Cette conscience est toujours menacée par l'engluement dans l'épaisseur de l'Être. Naît alors le sentiment de *nausée* qui est au centre d'un roman de Sartre (*La Nausée*, 1938). Ainsi tandis que, pour Heidegger, l'angoisse accompagne le dévoilement du Néant, pour Sartre la nausée signale le retour menaçant de l'Être. Elle n'est pas un sentiment subjectif présent dans un individu, c'est un mode inséparable de l'Être. « Sa chemise de coton bleu se détache joyeusement sur un mur de chocolat. Ça aussi ça donne la Nausée. Ou plutôt, c'est la Nausée. La Nausée n'est pas en moi : je la ressens là-bas sur le mur, sur les bretelles, partout autour de moi. Elle ne fait qu'un avec le café, c'est moi qui suis en elle. À ma droite le paquet tiède se met à bruire, il agite ses paires de bras. »

Le Pour-soi apparaît comme une menue néantisation qui prend son origine au sein de l'Être; et il suffit de cette néantisation pour qu'un bouleversement total arrive à l'En-soi. Ce bouleversement, c'est le monde.

L'Être et Néant, 1942
Jean-Paul Sartre

NOMS DE PERSONNES CITÉS DANS L'OUVRAGE

ANSELME, saint. Archevêque de Canterbury. Théologien (Aoste 1033 — Canterbury 1109).

APOLLINAIRE, Guillaume. Poète français (Rome 1880 — Paris 1918).

ARAGON, Louis. Écrivain et poète français (Paris 1897 — *id.*, 1982).

ARLETTY. Actrice française (Courbevoie 1898 — Paris 1992).

BACHELARD, Gaston. Philosophe français (Bar-sur-Aube 1884 — Paris 1962).

BACON, Francis. Peintre britannique (Dublin 1909 — Madrid 1992).

BARDOT, Brigitte. Actrice française (Paris 1934).

BARRE, Raymond. Homme politique français (Saint-Denis de la Réunion 1924).

BASELITZ, Georg. Peintre allemand (Deutsch-Baselitz 1938).

BAUDELAIRE, Charles. Poète français (Paris 1821 — *id.* 1867).

BEAUMARCHAIS, Pierre Augustin Caron de. Écrivain français (Paris 1732 — *id.* 1799).

BEETHOVEN, Ludwig van. Compositeur allemand (Bonn 1770 — Vienne 1827).

BÉRANGER, Pierre Jean de. Chansonnier français (Paris 1780 — *id.* 1857).

BERGSON, Henri. Philosophe français (Paris 1859 — *id.* 1941).

BERNARD, Claude. Physiologiste français (Saint-Julien, Rhône 1813 — Paris 1878).

BERKELEY, George. Évêque et philosophe irlandais (Kilkenny 1685 — Oxford 1753).

BIZET, Georges. Compositeur français (Paris 1838 — Bougival 1875).

BLOY, Léon. Écrivain français (Périgueux 1846 — Bourgla-Reine 1917).

BOSCO, Henri. Écrivain français (Avignon 1888 — Nice 1976).

BOSSUET, Jacques Bénigne. Prédicateur français (Dijon 1627 — Paris 1704).

BRASSAÏ, Gyula Halasz, *dit.* Photographe français d'origine roumaine (Braçov, 1899).

BRASSEUR, Pierre. Acteur français (Paris 1905 — Brunico, Italie 1972).

BYRON, George Gordon Lord. Poète britannique (Londres 1788 — Missolonghi 1824).

CANGUILHEM, Georges. Philosophe français (Castelnaudary 1904 — *id.* 1995).

CARNÉ, Marcel. Cinéaste français (Paris 1906).

CARTIER-BRESSON, Henri. Photographe, cinéaste et dessinateur français (Paris, 1908).

CÉLINE, Louis-Ferdinand. Écrivain français (Courbevoie 1894 — Meudon 1961).

CERVANTÈS, Miguel de. Écrivain espagnol (Alcalà de Henares 1547 — Madrid 1616).

CHATEAUBRIAND, François René de. (Saint-Malo 1768 — Paris 1848).

CHIRAC, Jacques. Homme politique français (Paris 1932).

CLAUDEL, Paul. Écrivain français (Villeneuve-sur-Fère 1868 — Paris 1955).

COCTEAU, Jean. Écrivain français (Maisons-Laffitte 1889 — Milly-la-Forêt 1963).

CONDORCET, Marie Jean Antoine Caritat de. (Ribemont 1743 — Bourg-la-Reine 1794).

CONRAD, Joseph. Romancier britannique d'origine polonaise (Berditchev 1857 — Bishopsbourne 1924).

COPERNIC, Nicolas. Astronome polonais (Torun 1473 — Frauenburg 1543).

CORDAY, Charlotte (1768-1793). Tua Marat.

DEBUSSY, Claude. Compositeur français (Saint-Germain-en-Laye 1862 — Paris 1918).

DEFOE, Daniel. Écrivain anglais (Londres 1660 — *id.* 1731).

DEGAS, Edgar. Peintre français (Paris 1834 — *id.* 1917).

DETAILLE, Édouard. Peintre français (Paris 1848 — *id.* 1913).

DOISNEAU, Robert. Photographe français (Gentilly 1912).

DOSTOÏEVSKI, Fedor Mikhaïlovitch. Écrivain russe (Moscou 1821 — Saint-Pétersbourg 1881).

DUMAS, Alexandre. Écrivain français (Villers-Cotterêts 1802 — Puys, près de Dieppe 1870).

DUMÉZIL, Georges. Historien français (Paris 1898 — *id.* 1986).

ÉPICTÈTE. Philosophe latin de langue grecque (Hierapolis 50 — Nicopolis 130).

FARRÈRE, Frédéric Bargone, *dit* Claude. Officier de marine et écrivain français (Lyon 1876 — Paris, 1957).

FEYDEAU, Georges. Écrivain français (Paris 1862 — Rueil 1921).

FLAUBERT, Gustave. Écrivain français (Rouen 1821 — Croisset 1880).

FONTANE, Theodor. Écrivain allemand (Neuruppin 1819 — Berlin 1898).

FRANÇOIS D'ASSISE, saint. Fondateur de l'ordre des Franciscains (Assise 1182 — *id.* 1226).

FRATELLINI, Annie. Artiste de cirque (Alger 1932).

GAUTIER, Théophile. Écrivain français (Tarbes 1811 — Neuilly 1872).

GIDE, André. Écrivain français (Paris 1869 — *id.* 1951).

GIONO, Jean. Écrivain français (Manosque 1895 — *id.* 1970).

GISCARD D'ESTAING, Valéry. Homme politique français (Coblence 1926).

GLIDDEN, Joseph Farwell. Inventeur américain (Charleston 1813 — De Kolb, 1906).

GOETHE, Johann Wolfgang von. Écrivain allemand (Francfort-sur-le-Main 1749 — Weimar 1832).

GRACQ, Julien. Écrivain français (Saint-Florent-le-Vieil 1910).

HADRIEN. Empereur romain (Italica, Bétique 76 — Baïes 138).

HALLEY, Edmond. Astronome anglais (Londres 1656 — Greenwich 1742).

HEGEL, Friedrich. Philosophe allemand (Stuttgart 1770 — Berlin 1831).

HÉLIAS, Pierre Jakez. Écrivain français (Pouldreuzic 1914).

HÉRAULT DE SÉCHELLES, Marie Jean. Homme politique français (Paris 1759 — *id.* 1794).

HERDER, Johann Gottfried. Écrivain allemand (Mohrungen 1744 — Weimar 1803).

HÉRÉDIA, José-Maria de. Poète français (La Fortune, Cuba 1842 — Houdan 1905).

HERGÉ, Georges. Dessinateur belge (Etterbeck 1907 — Bruxelles 1983).

HERRIOT, Édouard. Homme politique français (Troyes 1872 — Saint-Genis-Laval 1957).

HESSE, Hermann. Écrivain allemand naturalisé suisse (Calw, Wurtemberg 1877 — Montagnola, Tessin 1962).

HITLER, Adolf. Homme politique allemand (Braunau, Autriche 1889 — Berlin 1945).

HOFFMANN, Ernst Teodor Amadeus. Écrivain et compositeur allemand (Königsberg 1776 — Berlin 1822).

HUGO, Victor. Écrivain français (Besançon 1802 — Paris 1885).

HUSSERL, Edmund. Philosophe allemand (Possnitz, Moravie 1858 — Fribourg en Brisgau 1938).

INGRES, Jean Auguste. Peintre français (Montauban 1780 — Paris 1867).

JEAN BAPTISTE, saint. Prophète juif. Mort vers 28.

JOUVE, Pierre Jean. Écrivain français (Arras 1887 — Paris 1976).

KANT, Emmanuel. Philosophe allemand (Königsberg 1724 — id. 1804).

KERTESZ, André. Photographe (Budapest 1894 — New York 1985).

KOSTER, Serge. Écrivain français (Paris 1940).

LA BRUYÈRE, Jean de. Écrivain français (Paris 1645 — Versailles 1696).

LANZA DEL VASTO. Poète français d'origine sicilienne (San Vito dei Normanni, Sicile 1901 — 1981).

LARBAUD, Valery. Écrivain français (Vichy 1881 — id. 1957).

LARTIGUE, Jacques Henri. Photographe français (Courbevoie 1894 — Nice 1986).

LA VARENDE, Jean Mallard, vicomte de. Écrivain français (Le Chamblac 1887 — Paris 1959).

LAVELLE, Louis. Philosophe français (1883 — 1951).

LEIBNIZ, Gottfried Wilhelm. Philosophe allemand (Leipzig 1646 — Hanovre 1716).

LE SENNE, René. Philosophe français (Elbeuf 1882 — Paris 1954).

Le Titien. Peintre italien (Pieve di Cadore, Vénétie 1488-9 — Venise 1576).

Loti, Julien Viaud, *dit* Pierre. Écrivain français (Rochefort 1850 — Hendaye 1923).

Louis XIV. Roi de France (Saint-Germain-en-Laye 1638 — Versailles 1715).

Lucrèce. Poète latin (Rome 98 — *id.* 55 av. J.-C.).

Maeterlinck, Maurice. Écrivain belge d'expression française (Gand 1862 — Nice 1949).

Mahomet. Prophète de l'islam (La Mecque v. 570 — Médine 632).

Maistre, Joseph de. Écrivain français (Chambéry 1753 — Turin 1821).

Mann, Thomas. Écrivain allemand (Lübeck 1875 — Kilchberg, près de Zurich 1955).

Marat, Jean-Paul. Médecin, publiciste et homme politique français (Boudry, canton de Neuchâtel 1743 — Paris 1793).

Marchais, Georges. Homme politique français (La Hoguette 1920).

Marx, Groucho. Acteur américain (New York 1890 — Los Angeles 1977).

Marx, Karl. Philosophe allemand (Trèves 1818 — Londres 1883).

Maupassant, Guy de. Écrivain français (Tourville-sur-Arques 1850 — Paris 1893).

Mauriac, François. Écrivain français (Bordeaux 1885 — Paris 1970).

May, Karl. Écrivain allemand (Hohenstein-Ernstthal 1842 — Radebul, près de Dresde 1912).

Milton, John. Poète anglais (Londres 1608 — Chalfont Saint Giles 1674).

Mitterrand, François. Homme politique français (Jarnac 1916 — Paris 1996).

Moïse. Prophète juif (XIIIe siècle av. J.-C.).

Molière, Jean-Baptiste Poquelin *dit*. Auteur dramatique français (Paris 1622 — *id.* 1673).

MONTAIGNE, Michel Eyquem de. Écrivain français (Saint-Michel de Montaigne 1533 — *id.* 1592).

MONTESQUIEU, Charles de Secondat, baron de. Écrivain français (Bordeaux 1689 — Paris 1755).

MORAND, Paul. Écrivain français (Paris 1888 — *id.*, 1976).

MOZART, Wolfang Amadeus. Compositeur autrichien (Salzbourg 1756 — Vienne 1791).

MUNCH, Edvard. Peintre norvégien (Loten 1863 — Oslo 1944).

NAPOLÉON. Homme politique français (Ajaccio 1769 — Sainte-Hélène 1821).

NÉRON. Empereur romain (Antium 37 — Rome 68).

NEWTON, sir Isaac. Mathématicien, physicien, astronome et penseur anglais (Woolsthorpe, Lincolnshire 1642 — Kensington, Middlesex 1727).

NIETZSCHE, Frédéric. Philosophe allemand (Rücken, près de Lützen 1841 — Weimar 1900).

PAGNOL, Marcel. Écrivain français (Aubagne 1895 — Paris 1974).

PAUL, saint. Apôtre chrétien (Tarse, Cilicie 5-15 — Rome 62-67).

PERRAULT, Charles. Écrivain français (Paris 1628 — *id.* 1703).

PICASSO, Pablo Ruiz. Peintre, dessinateur, graveur et sculpteur espagnol (Málaga 1881 — Mougins 1973).

PLATON. Philosophe grec (Athènes 427 — *id.* 348 av. J.-C.).

POE, Edgar Allan. Écrivain américain (Boston 1809 — Baltimore 1849).

PONGE, Francis. Écrivain français (Montpellier 1899 — Paris 1988).

POURRAT, Henri. Écrivain français (Ambert 1887 — *id.* 1959).

RAIMU. Acteur français (Toulon 1883 — Neuilly-sur-Seine 1946).

RENARD, Jules. Écrivain français (Châlons, Mayenne 1864 — Paris 1910).

RIMBAUD, Arthur. Poète français (Charleville 1854 — Marseille 1891).

ROLLAND, Romain. Écrivain français (Clamecy 1866 — Vézelay 1944).

ROMAINS, Jules. Écrivain français (Saint-Julien-Chapteuil 1885 — Paris 1972).

ROOSEVELT, Franklin Delano. Homme politique américain (Hyde Park 1882 — Warm Springs 1945).

ROUSSEAU, Jean-Jacques. Écrivain français (Genève 1712 — Ermenonville 1778).

SAINT-JOHN PERSE. Poète français (Pointe-à-Pitre 1887 — Giens 1975).

SAINT-SIMON, Louis de Rouvroy, duc de. Écrivain français (Paris 1675 — id. 1755).

SARTRE, Jean-Paul. Philosophe français (Paris 1905 — id. 1980).

SCHUBERT, Franz. Compositeur autrichien (Vienne 1797 — id. 1828).

SCOTT, sir Walter. Écrivain britannique (Édimbourg 1771 — Abbotsford 1832).

SÉGUR, Sophie Rostopchine, comtesse de. Écrivain français d'origine russe (Saint-Pétersbourg 1799 — Paris 1874).

SHAKESPEARE, William. Écrivain anglais (Stratford-on-Avon 1564 — id. 1616).

SOUTINE, Chaïm. Peintre lituanien (Smilovitchi 1893 — Paris 1943).

SPINOZA, Baruch. Philosophe hollandais d'origine portugaise (Amsterdam 1632 — La Haye 1677).

STORM, Theodor. Écrivain allemand (Husum 1817 — Hademarschen 1888).

TALLEYRAND-PÉRIGORD, Charles-Maurice de. Homme politique français (Paris 1754 — id. 1838).

TIRSO DE MOLINA. Auteur dramatique espagnol (Madrid 1583 — Soria 1648).

TOURNIER, Michel. Écrivain français (Paris 1924).

VALÉRY, Paul. Poète français (Sète 1871 — Paris 1945).

VAN GOGH, Vincent. Peintre hollandais (Groot-Zundert 1853 — Auvers-sur-Oise 1890).

VERNE, Jules. Écrivain français (Nantes 1828 — Amiens 1905).

VIAN, Boris. Écrivain français (Ville-d'Avray 1920 — Paris 1959).

VINCENOT, Henri. Écrivain français (Dijon 1912).

VOLTAIRE, François-Marie Arouet, *dit*. Écrivain français (Paris 1694 — *id.* 1778).

WAGNER, Richard. Compositeur allemand (Leipzig 1813 — Venise 1883).

WESTON, Edward. Photographe américain (Highland Park, Illinois 1886 — *id.* 1958).

ZOLA, Émile. Écrivain français (Paris 1840 — *id.* 1902).

DU MÊME AUTEUR

Aux Éditions Gallimard

VENDREDI OU LES LIMBES DU PACIFIQUE, *roman* (Folio, *n° 959*).

LE ROI DES AULNES, *roman* (Folio, *n° 656*).

LES MÉTÉORES, *roman* (Folio, *n° 905*).

LE VENT PARACLET, *essai* (Folio, *n° 1138*).

LE COQ DE BRUYÈRE, *contes et récits* (Folio, *n° 1229*).

GASPARD, MELCHIOR & BALTHAZAR, *récits* (Folio, *n° 1415*).

VUES DE DOS Photographies d'Édouard Boubat.

GILLES ET JEANNE, *récit* (Folio, *n° 1707*).

LE VAGABOND IMMOBILE. Dessins de Jean-Max Toubeau.

LA GOUTTE D'OR, *roman* (Folio, *n° 1908*).

PETITES PROSES *Édition augmentée* (Folio, *n° 1768*).

LE MÉDIANOCHE AMOUREUX (Folio, *n° 2290*).

ÉLÉAZAR OU LA SOURCE ET LE BUISSON, *roman* (Folio, *n° 3074*).

LE FÉTICHISTE.

Dans les collections Foliothèque et Folio Plus

VENDREDI OU LES LIMBES DU PACIFIQUE. *Présentation et commentaire d'Arlette Bouloumié*, Foliothèque, *n° 4*.

VENDREDI OU LES LIMBES DU PACIFIQUE. *Dossier réalisé par Arlette Bouloumié*, Folio Plus, *n° 12*.

LE ROI DES AULNES. *Dossier réalisé par Jean-Bernard Vray*, Folio Plus, *n° 14*.

Pour les jeunes

VENDREDI OU LA VIE SAUVAGE. *Illustrations de Georges Lemoine* (Folio junior, n° 30 ; Folio junior éd. spéciale, n° 445 et 1 000 Soleils).

VENDREDI OU LA VIE SAUVAGE. Album illustré de photographies de Pat York/Sigma.

PIERROT OU LES SECRETS DE LA NUIT. *Illustrations de Danièle Bour* (Enfantimages ; Folio cadet rouge, n° 205).

BARBEDOR. *Illustrations de Georges Lemoine* (Enfantimages ; Folio cadet, n° 74 et Folio cadet rouge, n° 172).

L'AIRE DU MUGUET. *Illustrations de Georges Lemoine* (Folio junior, n° 240).

SEPT CONTES. *Illustrations de Pierre Hézard* (Folio junior éd. spéciale, n° 497).

LES ROIS MAGES. *Illustrations de Michel Charrier* (Folio junior, n° 280).

QUE MA JOIE DEMEURE. *Illustrations de Jean Clavenne* (Enfantimages).

LES CONTES DU MÉDIANOCHE. *Illustrations de Bruno Mallart* (Folio junior, n° 553).

LA COULEUVRINE. *Illustrations de Claude Lapointe* (Lecture junior).

Aux Éditions Belfond

LE TABOR ET LE SINAÏ. *Essais sur l'art contemporain* (Folio, n° 2550).

Aux Éditions Complexe

RÊVES. Photographies d'Arthur Tress.

Aux Éditions Denoël

MIROIRS. Photographies d'Édouard Boubat.

Aux Éditions Herscher

MORT ET RÉSURRECTIONS DE DIETER APPELT.

Aux Éditions Le Chêne-Hachette

DES CLEFS ET DES SERRURES. Images et proses.

Au Mercure de France

LE VOL DU VAMPIRE. *Notes de lecture* (Idées, n° *485* et Folio essais, n° *258*).

LE MIROIR DES IDÉES (Folio, n° *2882*).

LE PIED DE LA LETTRE (Folio, n° *2881*).

Composition Euronumérique.
Impression Société Nouvelle Firmin-Didot
à Mesnil-sur-l'Estrée, le 26 janvier 1998.
Dépôt légal : janvier 1998.
1ᵉʳ dépôt légal dans la collection : septembre 1996.
Numéro d'imprimeur : 41487.
ISBN 2-07-040105-7/Imprimé en France.